Cher Journal

Une vie à refaire

Mary MacDonald,
fille de Loyaliste

KARLEEN BRADFORD

TEXTE FRANÇAIS DE MARTINE FAUBERT

Éditions
SCHOLASTIC

Comté d'Albany
Province royale de New York
1783

Le 6 octobre 1783

Ils ont incendié l'école! Un groupe de Patriotes s'est présenté tandis que papa préparait la prochaine rentrée.

« Traître! lui ont-ils lancé. Lâche de Loyaliste! » Simplement parce qu'il a refusé de signer leur serment d'allégeance à la nouvelle nation qu'ils ont appelée les États-Unis d'Amérique.

Ils l'ont empoigné, puis l'ont traîné hors de l'école et, sous ses yeux, ils ont lancé des torches par la porte et les fenêtres. Papa nous a raconté que le bâtiment s'est embrasé en un clin d'œil. Ils ne lui ont même pas permis d'emporter un seul de ses livres! Pourquoi? C'était leur école, à eux aussi. Cette guerre rend les gens fous. Ce matin, Lizzie Crane m'a tourné le dos et a fait comme si je n'étais pas là. Incroyable! Ma meilleure amie! Nous nous connaissons depuis le berceau!

Je n'ose pas regarder papa. Lui, d'habitude si doux, si gentil, le sourire toujours au coin des lèvres et le cœur prêt à rire. Maintenant, il reste assis à la table de la cuisine, le regard perdu au loin, sans dire un mot. Maman se tracasse, et ça rend la petite Margaret maussade. Grand-maman s'affaire autour de nous, avec la mine sévère que je lui connais si bien. Heureusement, cette fois-ci, ce n'est pas ma faute. Parce que, quand grand-maman se fâche, il vaut mieux déguerpir!

Jamie est le seul d'entre nous qui se comporte encore

de façon normale. Probablement parce que tout ceci n'a aucun sens pour un petit garçon de cinq ans. Angus lui manque, et il n'arrête pas de demander quand il va être de retour. Quand je lui ai expliqué qu'Angus était parti combattre dans les rangs de l'armée britannique, il a trouvé cela très drôle et, pendant plusieurs jours, il s'est promené avec un grand bâton posé sur l'épaule, à faire le soldat.

Je ne sais plus quoi faire. Je n'ai personne avec qui parler. Personne qui pourrait me dire ce qui nous attend. Par désespoir, j'ai ressorti mon vieux journal. Papa me l'avait donné pour mon douzième anniversaire, et je ne m'en étais jamais servie. Je n'avais vraiment rien à raconter, à part les nouvelles de la guerre; et c'est une chose à laquelle je préfère ne pas penser. Mais maintenant, je ne peux plus l'ignorer!

J'ai si peur! On dirait que le monde est devenu fou!

Le 7 octobre 1783

Je ne sais pas comment décrire ici ce qui s'est passé. C'est si affreux que je ne peux pas le supporter. Mon cœur est si plein de peine et de colère que, si je ne trouve pas un moyen de le soulager, il va éclater! Mais par où commencer?

Ils sont venus chercher papa, ce matin. Toute une bande de ces prétendus « patriotes », bruyants et agités, avec une cocarde attachée à leur chapeau, se donnant des airs de vertu et d'importance. Nous les connaissons presque tous : des voisins, des gens que nous avons toujours considérés comme des amis. Le père de Lizzie Crane faisait partie du groupe. Et Ned Bolton aussi. Sa femme et maman se connaissent depuis toujours! Ils se sont emparés de papa et l'ont traîné dans la poussière. Traîné! Et là…

Je n'arrive pas à écrire la suite. Mais il le faut!

Ils ont soulevé mon cher papa et l'ont assis à l'envers sur un mulet! Ils lui ont ensuite attaché les mains au pommeau et ont fouetté l'animal pour le faire avancer. Ils ont ainsi paradé papa partout dans la ville, en lui criant des injures si grossières que je n'ose pas les répéter, même par écrit. Mon propre papa! Il va en mourir de honte!

Puis ils l'ont ramené à la maison et l'ont jeté par terre.

« Voici un laissez-passer, sale Loyaliste », lui ont-ils crié en lui lançant un bout de papier.

En se penchant pour le ramasser, il a trébuché et a failli tomber. Maman s'est précipitée pour le soutenir et a attrapé le papier.

« Allez-vous-en! leur a-t-elle crié, le visage grimaçant et couvert de larmes. Allez-vous-en! »

Puis elle a pris papa dans ses bras, et il s'est laissé tomber contre elle. Je me suis mise à courir vers eux, mais j'ai été arrêtée dans mon élan par la voix de Ned Bolton, comme si une main de fer m'avait frappée.

« Prenez ce laissez-passer et disparaissez avant demain matin! nous a-t-il crié. Tous! Nous ne voulons plus de sales Loyalistes dans notre ville! »

Ce n'est pas vraiment le mot « sales » qu'ils ont utilisé. En tout cas, grand-maman en a rougi jusqu'à la
racine des cheveux et

Le 8 octobre 1783
À la lueur du feu de camp

La main me tremble tellement que je peux à peine
écrire. Et j'ai fait tant de taches que j'ai du mal à me
relire. Je me sens comme une vieille paillasse qu'on
vient de secouer et de retourner sens dessus dessous, et
sur laquelle on a sauté.

Hier, je n'ai pas terminé ma phrase parce que, au
moment où j'allais écrire « et a mis ses mains sur les
oreilles de Jamie pour qu'il n'entende pas », j'ai senti
une odeur de brûlé. C'était notre champ! Ils ont mis le
feu à notre champ de blé d'Inde. Mais il y a eu pire!

Quand, finalement, ils sont partis, papa s'est tourné
vers nous. Je ne lui ai jamais vu une telle expression sur
le visage.

« Voilà où nous en sommes, a-t-il dit. Il ne nous reste
plus qu'à partir. »

Les mots lui sortaient difficilement de la bouche,
comme si ses lèvres refusaient de lui obéir. Et j'avais du
mal à comprendre ce qu'il disait.

Maman est restée immobile, comme frappée de stu-
peur.

Toute la nuit, nous avons empilé dans le chariot tout
ce que nous pouvions y mettre. Et, pendant tout ce

temps, nous pouvions sentir l'odeur âcre de notre champ de blé d'Inde incendié.

Nous avons pris le rouet de grand-maman, le lit et la couette de papa et maman, le métier à courtepointe de maman, une petite commode, tout ce que nous pouvions entasser de marmites, de casseroles et de plats, ainsi que quelques autres meubles. Maman et grand-maman ont mis autant de provisions qu'elles le pouvaient dans de grands sacs. Heureusement, nous avions une bonne réserve de porc salé car, le mois dernier, papa a dépecé notre gros cochon. J'ai bien l'impression que nous allons devoir en manger souvent!

Chacun a fait un paquet de ses vêtements. J'ai aidé Jamie à faire le sien, mais nous avons quand même dû laisser pas mal de choses derrière. Papa a accroché une cage remplie de poules à l'arrière du chariot, mais il a fallu abandonner nos oies.

Grand-maman voulait absolument prendre une bouture du lilas qui pousse devant notre porte. Grand-papa l'avait planté là, pour elle, quand ils se sont mariés, et il était hors de question qu'elle quitte la maison sans en emporter un petit bout. La bouture qu'elle a prise est toute petite, et elle l'a mise dans un pot, avec un peu d'eau, puis a enveloppé le tout d'une grosse toile. Je ne sais pas comment ce tout petit bout de lilas va pouvoir survivre, mais grand-maman peut être tellement têtue quand elle le veut!

Nous en étions à nos derniers préparatifs, après un déjeuner rapide, quand les mêmes hommes sont revenus. Ils avaient bu du whisky, c'était évident, même s'il était encore très tôt le matin. Ils sentaient l'alcool, et avaient le teint rougeaud et la voix trop forte. Ils avaient probablement eu besoin de boire pour se donner le courage de faire ce qu'ils nous ont fait.

Ils sont entrés dans notre maison et nous en ont fait sortir en nous bousculant. De chez nous! Ils ont même fait tomber grand-maman et n'ont rien fait pour l'aider à se relever. C'est moi qui suis venue à son secours. Papa avait eu le temps d'atteler notre vieil Arthur au chariot. Nous nous sommes tous précipités dans cette direction. Papa est monté le premier, puis a aidé maman et grand-maman à grimper à côté de lui. J'ai poussé grand-maman par-derrière. Normalement, elle m'aurait grondée sévèrement, mais pas ce matin. Maman tenait Margaret, qui s'est mise à pleurnicher. Jamie et moi, nous nous sommes hissés à l'arrière et assis au sommet de la montagne de bagages que nous y avions empilés. La Brune, que nous avions attachée à l'arrière du chariot, meuglait parce que nous n'avions pas eu le temps de la traire. Même les poules faisaient du tapage dans leur cage.

Et alors... Je préférerais oublier, mais les images sont gravées dans ma tête, et je crois qu'elles ne s'en effaceront jamais. Même si nous les regardions, les hommes sont retournés dans la maison et se sont mis à tout casser.

Bing! Bang! Crac!

Ils ont tout cassé ce que nous avions laissé. On

entendait tout et on pouvait les voir faire par la porte entrebaîllée. Ils ont même lancé un banc dans une vitre.

Mais pourquoi?

Les poules que nous avions abandonnées étaient toutes éparpillées dans la cour, caquetant d'énervement et courant dans tous les sens. Puis j'ai aperçu un homme se sauver avec une de nos oies sous le bras. C'était Jed Turner.

J'en ai eu mal au cœur et j'ai bien failli vomir. C'est notre voisin le plus proche, et nous avons toujours eu de très bons rapports avec lui. Papa est devenu blanc comme un drap et, sans dire un mot, il a fait claquer son fouet sur le dos d'Arthur. Pauvre vieil Arthur! Je crois qu'il a reçu là le plus gros coup de fouet de toute sa vie! Il est parti vite comme une flèche et, en un clin d'œil, il a franchi la grille du jardin, puis s'est engagé sur la route, trottant à toute allure. Jamie et moi, perchés sur la montagne de bagages, nous nous faisions secouer comme deux pantins. Heureusement que la couette avait été placée sur les bagages, sinon nous aurions tellement sauté que nous serions tombés. La Brune courait à grandes enjambées derrière nous, meuglant d'indignation.

Je gardais mon regard fixé sur notre maison et notre jardin, en espérant imprimer dans ma mémoire le plus de détails possible avant de prendre le premier virage. Et, tout à coup, c'était fini!

J'ai aperçu Lizzie à la fenêtre quand nous sommes passés devant chez elle. Elle ne m'a pas saluée de la main. Moi non plus, d'ailleurs. Nous nous sommes fixées des yeux, c'est tout.

Nous avons quitté notre maison, et tout ce que j'ai connu jusqu'à maintenant. Papa dit que nous nous enfuyons vers le Canada britannique, vers la province de Québec. Il m'avait déjà dit qu'en reconnaissance de leur loyauté envers le roi d'Angleterre, on avait promis aux familles loyalistes des terres gratuites dans ces contrées, mais je n'aurais jamais cru que nous en ferions partie.

Je ne sais pas du tout où se trouve Québec, sauf que c'est très loin d'Albany. Je ne sais plus où j'en suis. Je me sens confuse et désespérée, et j'ai un horrible mal de tête. En ce moment, je donnerais tout pour avoir une de ces affreuses tisanes de grand-maman, et je la boirais sans rouspéter. Mais je n'ose pas le lui demander, car tout va trop mal. Maman a à peine eu le temps de faire cuire le gruau, sur le feu que papa avait allumé pour notre repas du soir, quand il s'est mis à pleuvoir. Nous sommes en plein bois, presque sans abri. Nous nous serrons les uns contre les autres, sous des bâches, en espérant ainsi rester au sec.

La pluie a cessé, mais les arbres dégoulinent encore, et toutes nos choses sont si détrempées que j'ai du mal à écrire proprement, sans barbouiller toutes les pages de mon cahier. Mais je veux absolument écrire, j'en ai trop besoin.

Maman est en train de donner le sein à la petite Margaret, mais, de là où je suis, je vois bien que, si la petite rechigne, c'est parce que maman ne peut pas s'empêcher de trembler. Elle ne m'a presque rien dit depuis notre départ, et elle répète sans arrêt : « Ce n'est pas possible. Non, ce n'est pas vrai. »

Je comprends ce qu'elle peut ressentir.

Jamie ronfle à mes côtés. Au début, il avait peur, mais maintenant, il croit que nous vivons une aventure formidable. Ce n'est pas du tout le genre d'aventure auquel je rêvais. J'ai beau essayer, je n'arrive pas à comprendre ce qui nous arrive. Cette guerre durait depuis plus de sept ans, c'est-à-dire plus que la moitié de ma vie. Papa a tenté de m'en expliquer les raisons. Un certain nombre de colons souhaitaient devenir indépendants de l'Angleterre. Ce sont des rebelles qui se sont donné le nom de « Patriotes ». D'autres, comme nous, ne le voulaient pas. Et pour cette raison, maintenant, on nous insulte et on nous chasse de nos maisons. Même Lizzie m'a traitée de « traître ». Mais nous ne sommes pas des traîtres, nous sommes des Loyalistes !

Papa est prêt à admettre que beaucoup des revendications des rebelles sont justifiées, que les Britanniques se mêlent trop des affaires de la colonie et la taxent de manière injuste. Mais il n'a jamais cru que la solution était de se révolter. Il était convaincu que les choses pourraient s'arranger avec un peu de bonne volonté de la part de chacun des deux camps.

Même si maman est d'accord avec lui, elle a réagi violemment quand Angus s'est engagé. Elle a tout fait pour le convaincre de ne pas partir, mais sans succès.

« Si je ne m'enrôle pas dans l'armée britannique, a-t-il expliqué, je serai obligé d'aller combattre du côté des rebelles, et ça, je ne le ferai jamais. »

C'est à partir de ce moment-là que nos amis et nos voisins se sont mis à nous éviter, mais nous n'avons jamais pensé que ça pourrait aller aussi loin.

Je ne peux plus écrire, ce soir, mais demain, je continuerai. C'est important de mettre ces choses par écrit.

Le 9 octobre 1783

Grand-maman a remarqué que je ne me sentais pas bien aujourd'hui. J'avais si mal à la tête que j'en étais étourdie. Elle a demandé à papa de s'arrêter, juste le temps de me préparer une de ses tisanes.

« Voici quelque chose qui va chasser ton mal », m'a-t-elle dit en me massant le front.

La tisane avait un goût atroce, mais maintenant, la tête me fait beaucoup moins mal. Le massage aussi a aidé.

Grand-maman est la seule parmi nous à être née en Écosse. Elle est arrivée ici toute petite, dans les bras de sa mère, mais elle a toujours parlé avec l'accent de là-bas.

Sa voix me réconforte, sauf quand elle me gronde. J'ai peine à croire qu'elle est la mère de papa, elle si petite et toute mince, alors que lui est si grand. Ma taille doit me venir d'elle. Et grand-maman est si vive, si méthodique, alors que papa est lent et réfléchi en tout.

Ils ne se ressemblent pas du tout. Grand-maman n'hésite pas à utiliser la baguette pour me punir, mais elle est toujours là pour me soigner, quand je suis malade. L'un compense l'autre, je suppose. Ce soir, elle a vu que mes pieds étaient pleins d'ampoules à force de tant marcher, et elle me les a frottés avec de la graisse d'oie. Mais ils me font encore mal. Et j'ai mal partout, à force de me faire ballotter dans le chariot, où je monte quand je suis fatiguée de marcher.

La forêt est si touffue autour de nous, là où nous campons, que le soir tombe très tôt. Et il fait si noir! Je n'ai qu'une bâche accrochée aux branches, au-dessus de ma tête. C'est comme si je me trouvais sans rien du tout pour me protéger, au beau milieu des bois. Je n'ai jamais dormi à la belle étoile. Le confort douillet de notre maison me manque tant! Notre feu de camp donne si peu d'éclairage que j'imagine avec frayeur les bêtes féroces rôdant tout près, occupées à épier nos moindres gestes. J'entends aussi toutes sortes de bruits, comme celui de petits animaux qui détalent. J'ai même cru apercevoir une paire d'yeux, dans le noir. Grand-maman n'a fait que grogner quand j'ai crié de peur. Ce devait être mon imagination.

Ou peut-être pas. En tout cas, j'ai gardé un petit bout de bougie allumée à côté de moi, sous ma bâche. Mais elle ne durera pas toute la nuit.

Peut-être qu'en écrivant dans ce journal, mes idées – réelles ou imaginaires – d'un danger proche me sortiront de la tête. Je suis fatiguée de notre longue route, mais ça me réconforte d'écrire. C'est tout ce qu'il me reste de familier. Grâce à Dieu, papa a apporté une grosse bouteille d'encre qu'il n'avait pas encore eu le temps de laisser à l'école. J'en aurai donc pour un bon moment. Chaque matin, je la remets dans un coin du chariot, bien calée derrière mon baluchon.

Jamie s'est redressé dans son lit, pour me demander ce que j'étais en train de faire. J'ai dû lui raconter une histoire pour qu'il accepte de se rendormir. Je crois que, pour la première fois, il s'est rendu compte aujourd'hui que nous avions vraiment quitté notre maison, et probablement pour toujours. Maman refuse de l'entendre dire.

« Mais non, nous reviendrons, dit-elle. Vous allez voir. Quand les choses rentreront dans l'ordre, nous reviendrons. »

Mais où? Notre maison n'existe plus.

Voilà deux jours que nous sommes partis vers le nord, et je suis complètement épuisée et malade. Heureusement que nous avons ce laissez-passer! Nous avons été arrêtés à deux reprises par une patrouille rebelle qui a exigé de le voir. Ça fait très peur!

Les hommes ont pointé leurs mousquets vers nous et nous ont traités comme des criminels ou des espions! Sans ce petit bout de papier attestant que nous circulons par ordre du Comité de sécurité publique de notre localité, nous aurions eu de gros ennuis, nous a expliqué papa.

C'est si difficile, de voyager ainsi, jour après jour.

Heureusement qu'il fait beau et frais. Jamie et moi marchons la plupart du temps, afin d'alléger la charge de notre vieil Arthur, mais parfois, nous n'en pouvons plus. Même maman et grand-maman descendent du chariot, quand il y a des côtes à monter. La charge est lourde, et Arthur n'a pas l'habitude de travailler aussi longtemps. Le chemin est très mauvais et se réduit à un petit sentier, par endroits. Je me demande si papa sait où il nous emmène. Je n'ose pas le lui demander tandis qu'il est assis à l'avant du chariot, le visage fermé, sans dire un mot. Maman et lui se parlent à peine, alors que, d'habitude, ils chantent et rient sans arrêt lorsqu'ils sont ensemble. Grand-maman a toujours eu mauvais caractère, mais maintenant, c'est pire que jamais. Je n'ose pas lui parler, non plus.

Il est évident que tous ces changements dérangent la petite Margaret. Avec ses trois mois, elle commençait tout juste à agir comme un être humain, souriant toujours au visage de la personne qui se penchait sur son berceau. Maintenant, elle rechigne et pleurniche tout le temps. J'ai l'impression que maman a du mal à la faire boire au sein. L'excitation de Jamie face à notre « grande aventure » est maintenant tombée, et il est de plus en plus grognon. Il se plaint, du matin au soir, tellement que parfois, j'aurais envie de le gifler.

Qu'est-ce qui nous arrive? Nous ne sommes plus les mêmes.

Hier soir, papa m'a fait asseoir avec lui pour que nous ayons une conversation. Enfin, si on peut dire, car j'avais du mal à placer un mot. Dire que papa et moi avions l'habitude de discuter ensemble tous les soirs, après le souper. Nous parlions des événements de la journée, de ce que j'avais appris à l'école, de notre ferme, enfin de tout et de rien. Les filles ne vont pas toutes à l'école, mais papa a insisté pour que je le fasse, et j'en suis très heureuse. J'adore l'école. Et j'adorais ces conversations que nous avions ensemble, mais cette fois-ci, c'était différent.

Il m'a dit que nous nous rendions dans le nord, dans un endroit appelé Sorel, dans la province de Québec, sur les bords du fleuve Saint-Laurent. C'est là que sont censés se rassembler les familles des soldats – comme Angus – du régiment de Sir John Johnson, les Royal Yorkers, l'un des régiments royaux de New York. Papa espère retrouver Angus là-bas, mais il ne semble pas savoir ce que nous allons faire ensuite. Et même si on nous donne une terre, il ne sait ni où elle se trouvera, ni à quoi elle ressemblera. Maman semble convaincue que nous retournerons chez nous, mais si nous nous établissons là-bas, le ferons-nous un jour?

Tout cela est si inquiétant, si troublant.

Aujourd'hui, j'ai essayé d'aider maman à calmer la petite Margaret, mais sans succès. Margaret n'arrête pas de pleurer. J'ai marché tant que j'ai pu en la tenant dans mes bras et en lui tapotant le dos, comme maman le fait, mais il n'y avait rien à faire. Finalement, maman a tendu les bras pour la reprendre.

« Merci pour ton aide, Mary, m'a-t-elle dit. Mais je crois que tu devrais me la redonner. Je vais voir si je peux la faire boire au sein. »

Mais elle n'a pas réussi. Puis Jamie a été insolent avec grand-maman, et elle l'a frappé avec la baguette. Maintenant, il boude dans son coin.

Tout va tellement mal!

Le 11 octobre 1783

Nous nous sommes arrêtés pour le repas du midi. Je vais en profiter pour écrire encore un peu.

Nous sommes arrivés au bord de la rivière Hudson, et papa dit qu'il faut maintenant remonter la vallée vers le nord. C'est une très grande rivière, plus large que toutes les rivières que j'ai vues dans ma vie. Sa surface est agitée par des courants, des vaguelettes et des remous. Nous suivons une piste qui longe la rive et qui zigzague entre les arbres. Notre marche est plus facile, car il n'y a presque plus de côtes. Mais mon cœur est rempli de tristesse, à voir ainsi la rivière couler vers le pays que nous avons dû quitter, alors que nous marchons dans la direction opposée. Tout ce que nous avons toujours connu et aimé semble déjà si loin de nous!

Maman m'appelle. Le repas est prêt. Si on peut appeler ça un repas. Nous avons déjà tout mangé le pain que nous avions emporté, et papa n'a pas voulu prendre le temps de faire un feu. Nous devrons donc nous contenter de manger des galettes froides.

Heureusement, il y a La Brune, pour le lait et le beurre. Le matin, grand-maman verse la crème dans la baratte et la dépose au fond du chariot. Le soir, à force de se faire secouer sur le chemin, la crème a tourné en beurre. Autrefois, c'était ma tâche, de baratter le beurre. Je suppose que je devrais être contente de m'être débarrassée de cette corvée. Mais non! Je serais tellement plus heureuse d'être encore à la maison et de pouvoir y baratter mon beurre. Et, pour une fois, je ne rouspéterais pas, même pas dans ma tête.

J'ai tellement faim!

Plus tard

Nous avons installé notre camp pour la nuit. Papa a attrapé deux perdrix, et elles sont en train de rôtir sur le feu. Ce sera délicieux, après tout ce porc salé. Nous ne pouvons évidemment pas sacrifier nos poules. Nous devons les garder pour qu'elles se reproduisent. Mais elles ont cessé de pondre et semblent très nerveuses. Jamie a reçu un méchant coup de bec de l'une d'elles, alors qu'il leur donnait à manger dans leur cage et, maintenant, il a peur de s'en approcher. Maman fait cuire des navets et des patates dans une marmite, pour accompagner les perdrix. J'ai du mal à reconnaître en elle ma chère maman. Quand nous nous sommes arrêtés pour la nuit, elle est restée assise dans le chariot, tenant Margaret dans ses bras, la tête tournée à regarder d'où nous venions et ne semblant pas vouloir descendre.

« Descends de là, Fiona, ma fille! Il y a le souper à faire! » lui a dit grand-maman, sur un ton de reproche.

Grand-maman, comme d'habitude, courait dans tous les sens, occupée aux préparatifs du souper.

Je crois que grand-maman est contrariée par l'attitude de maman. Grand-maman ne supporte pas les enfantillages, comme elle dit. D'habitude je ne suis pas très empressée pour aider, mais ce soir, c'était différent. J'ai pour tâche de ramasser du bois pour le feu, et je l'ai fait sans rouspéter. Je sais comment grand-maman peut être quand elle est fâchée contre quelqu'un, et je crois que ce serait trop pour maman, après tout ce qui est arrivé jusqu'à maintenant.

Étrange! Maman s'est toujours occupée de moi mais, aujourd'hui, j'ai l'impression que c'est à mon tour de prendre soin d'elle. Elle est si désespérée et ses yeux sont sans expression.

Un peu plus tard

Le repas était délicieux. Étonnant de voir comme un bon repas qui vous remplit la bedaine peut vous remettre d'aplomb. Je suis maintenant assise près du feu. La nuit est claire, et les étoiles brillent tellement que la noirceur où nous nous trouvons semble moins inquiétante. Par moments, quand je lève la tête pour regarder le ciel, j'ai l'impression que le monde s'est renversé et que je vais tomber dans les étoiles.

Aujourd'hui, il faisait soleil, ce qui, d'habitude, m'aurait fait très plaisir. Comme les jours où nous sortions pour rendre visite à des voisins ou pour déjeuner sur l'herbe, au bord de la rivière.

Jamie et moi, nous nous sommes fabriqué une espèce de nid avec la couette. Nous avons appris à nous faufiler jusque-là sans nous cogner aux arêtes et aux coins des meubles, et c'est très confortable. Le petit bout de lilas de grand-maman est juste au-dessus de nos têtes. Grand-maman l'arrose tous les jours, et ça dégouline sur nous, mais ce n'est pas grave. Maman nous a confié Margaret, le temps de se reposer un peu, nous a-t-elle dit, et la petite a dormi presque tout l'après-midi, bien calée entre nous deux. J'adore la câliner, quand elle ne pleure pas et qu'elle sent bon.

La seule chose désagréable de cette belle journée a été de nous faire encore une fois arrêter par une patrouille de rebelles, pour ensuite passer devant deux fermes incendiées. Nous traversons toujours très vite les villes ou les zones habitées, car nous ne pouvons jamais savoir si nous serons bien ou mal accueillis. Aujourd'hui, notre route nous a amenés à traverser un endroit vaincu par les rebelles. Il était totalement dévasté. Il ne restait rien des maisons, sauf les cheminées noircies par le feu. Les champs tout autour avaient été piétinés et les dernières récoltes, arrachées. Même les remises et les granges étaient détruites. Tout était sens dessus dessous, comme si le pire des ouragans avait frappé. Je me suis alors dit que nous avions eu bien de la chance qu'il n'y ait eu aucune bataille près de chez nous, même si, un jour, j'ai entendu des coups de feu et de canon. C'était déjà bien assez effrayant!

Jamie vient de me rejoindre, et me tire par la manche pour attirer mon attention. Un chien s'est assis près de notre campement et nous regarde. Il est assez gros et il a le corps couvert de longs poils gris, tout sales et cotonnés. Je me demande s'il vient d'une des fermes incendiées. Je pourrais peut-être lui donner un morceau de galette en cachette, quand tous les autres dormiront. Il n'a pas l'air bien méchant, juste triste.

Le 12 octobre 1783

Le chien est un héros! Comme prévu, je lui ai donné un petit bout de galette, hier soir. Je suis sortie en douce de l'abri que je partage avec Jamie, quand tout le monde a été endormi. Personne ne s'en est aperçu, pas même Jamie, qui ronflait à qui mieux mieux. Maman et papa dormaient sous la bâche, avec la petite Margaret, et grand-maman était blottie dans une tente que papa lui a arrangée. Le soir, quand nous nous arrêtons, il coupe des branches de sapin, les pose par terre et les recouvre d'une bâche. Grand-maman peut dormir plus confortablement sur cette espèce de matelas, car, comme elle dit, en vieillissant, ses os sont devenus trop pointus. Nous nous débrouillons avec une simple couverture étendue sur une bâche posée à même le sol. Pas si mal, à condition qu'il ne pleuve pas et que le temps soit encore doux.

Mais revenons au chien.

Il avait peur et ne voulait pas se laisser approcher. Alors je lui ai lancé le morceau de galette. Il s'est jeté dessus, et n'en a fait qu'une bouchée. Il devait être mort de faim. Puis je suis retournée me coucher à côté de Jamie, en me disant que je pourrais peut-être lui donner encore à manger demain matin.

Je venais tout juste de m'endormir quand, soudain, le chien s'est mis à japper et à hurler, et à faire un tapage à réveiller le diable en personne, comme dirait grand-maman. Maman et papa ont jailli de dessous leur bâche. Jamie et moi, nous nous sommes levés si vite que nous avons fait tomber la bâche qui nous servait de toit. Même grand-maman a sorti la tête de sa tente. Et qu'avons-nous découvert, à la lueur de notre feu qui se mourait? Trois hommes en train de détacher La Brune et Arthur! Des voleurs! Le chien jappait, les attaquait et leur mordait les mollets. Les hommes semblaient en avoir très peur, même si l'un d'eux a réussi à lui envoyer un gros coup de pied dans les côtes. Mais, dès qu'ils nous ont vus nous lever, ils ont déguerpi. Il fallait entendre leurs cris et leurs jurons!

Finalement, La Brune et Arthur sont encore avec nous. Et on dirait bien que nous avons un chien, aussi.

Aujourd'hui, c'est dimanche. Comme c'est bizarre, de ne pas aller à l'église. Je me demande si nous leur manquerons, durant la messe. Je me demande s'ils parleront de ce qui est arrivé. Comment peuvent-ils prétendre être des chrétiens, après avoir fait ce qu'ils nous ont fait? Notre pasteur, monsieur Howard, ne peut pas approuver de telles choses, j'en suis sûre. Mais il ne pouvait rien faire pour les en empêcher. Ou peut-être l'aurait-il pu?

Grand-maman a dit qu'elle ne voulait pas prendre la route aujourd'hui parce que c'est le jour du Seigneur, mais papa lui a répondu que nous devions continuer notre chemin. Depuis, elle ne lui adresse plus la parole.

Le 13 octobre 1783

Jamie est fou du chien! Il n'a pas voulu monter dans le chariot de toute la journée et il a marché presque tout le temps. Le chien nous suivait, mais en gardant ses distances. Jamie l'a nommé Vagabond. Il l'appelle sans cesse, mais le chien ne nous fait pas encore assez confiance pour risquer de recevoir un coup de pied.

C'était plus agréable de marcher, aujourd'hui. Je pense que je m'y habitue, et ça devient moins fatigant. Mes ampoules sont presque complètement guéries, grâce à la graisse d'oie de grand-maman. Il fait beau, et ça me redonne un peu de courage. Peut-être que, si j'arrivais à faire marcher maman un peu plus souvent, elle s'en porterait mieux, elle aussi. Je me chargerais avec plaisir de porter la petite Margaret à sa place. Maman ne parle presque jamais, et elle a l'air si triste et si désemparée que j'en ai le cœur en miettes. Je sais que ça inquiète papa, car maintenant, il a toujours les sourcils froncés et l'air renfrogné. Grand-maman est la seule de nous tous à ne pas avoir changé un brin. Elle reste toujours grand-maman. Et le pire, c'est que c'est rassurant, même si elle me gronde dix fois par jour à propos de tout et de rien. Elle a toujours dit que j'étais trop turbulente à son goût et que j'aurais dû être un garçon. Je n'ai pas été très turbulente, ces derniers temps, mais je la dérange encore trop souvent.

Au moins, on peut dire qu'il y a encore une personne de notre famille qui n'a pas changé.

Papa dit que nous nous dirigeons vers la Pointe aux cheminées. C'est au bord du lac Champlain, un grand lac plus au nord. Selon ses calculs, nous y serons dans un peu plus d'une semaine. Là, si la chance nous sourit, nous pourrons prendre un bateau qui nous emmènera jusqu'à la province de Québec. Papa nous a expliqué que ce sera beaucoup plus rapide de traverser le lac à la voile que d'en faire le tour. Mais qu'arrivera-t-il de notre chariot, de La Brune et d'Arthur, dans ces conditions?

Le Canada me semble encore si loin. Je me demande comment c'est, là-bas?

Le 14 octobre 1783

Je me sens vraiment mieux quand j'ai la chance d'écrire dans mon journal. Je peux y dire tout ce que je veux, sans me faire gronder. Chaque fois que je me plains de quelque chose à haute voix, grand-maman est prête à me tomber dessus.

« Ça pourrait être encore pire, dit-elle. Et si tu étais morte ? »

Ce n'est rien pour m'encourager !

Maman parle un peu plus, maintenant, mais elle se fait du souci pour Angus. Nous n'avons pas eu de ses nouvelles depuis des mois, à part qu'il était au cœur de la bataille. Je ne me permettrais jamais de penser qu'il lui est arrivé quelque chose. J'ai déjà perdu un frère, William, qui a été emporté par la fièvre, l'an dernier. Autrement, lui aussi serait allé à la guerre, même s'il n'avait que quinze ans. Maman en est presque morte de chagrin. Elle ne supporterait jamais de perdre Angus aussi, j'en suis sûre. Moi, non plus, d'ailleurs, même si, à la maison, il me taquinait toujours et me reprochait d'être maladroite. Il me faisait tellement enrager ! Mais c'est lui qui m'a montré à siffler. J'en suis plutôt fière, même si grand-maman a horreur de ça.

« Les filles qui sifflent, c'est comme les poules qui caquètent trop, dit-elle toujours. Elles finissent toujours par mal tourner ! »

Qui aurait pu croire qu'un jour, Angus me manquerait tant !

Le sentier que nous avons emprunté se réduit à presque rien par endroits et, à tout moment, nous risquons de nous égarer. Il s'éloigne souvent de la rive, et nous devons parfois nous arrêter, afin de permettre à papa de sonder les broussailles pour s'assurer que nous sommes toujours sur la bonne voie. Nous avons la chance de ne pas avoir eu plus de pluie sinon, à l'heure qu'il est, nous nous serions embourbés dans les ornières jusqu'aux essieux, et les ruisseaux que nous avons à traverser ici et là se seraient transformés en rivières. Les feuilles ont pris leurs couleurs de l'automne. Les arbres sont rouges, jaunes et orangés, et brillent de mille feux. L'air est si pur qu'il laisse un goût de fraîcheur sur la langue. Comme j'aimais cette saison avant!

Grand Dieu! Un Indien vient de surgir, sortant des bois! Et le chien qui jappe tant qu'il peut!

Le 15 octobre 1783

Nous avons eu si peur! Quand l'Indien est apparu, hier soir, j'ai sauté sur mes pieds, oubliant mon journal, qui a failli tomber dans le feu. Le voilà tout sale et couvert de cendre, maintenant. J'ai voulu me sauver en courant, mais je n'avais nulle part où aller. Je croyais que nous étions encerclés!

Bien sûr, j'ai déjà vu des Indiens près de chez nous, à Albany, et ils ne me font pas peur. Mais d'en voir un surgir ainsi de nulle part, devant notre feu de camp, j'en ai eu une peur bleue! Maman a dû être aussi surprise que moi, car elle aussi a bondi sur ses pieds en l'apercevant. Grand-maman était déjà couchée, et Jamie aussi. Heureusement que papa savait comment il fallait réagir. Il s'est levé normalement et a tendu la main à l'Indien comme il l'aurait fait pour notre pasteur, chez nous.

« Bonsoir », lui a dit papa.

« Bonsoir », lui a répondu l'Indien.

Puis il a dit quelques mots dans sa langue, sur le ton d'une question.

Papa lui a aussitôt répondu dans la même langue, car il l'a apprise avec des Indiens qui venaient à Albany faire la traite des fourrures. Il parlait lentement, avec beaucoup d'hésitations, mais l'Indien semblait comprendre ce qu'il disait. Et la première chose qu'on a sue, c'est que l'Indien s'est assis près du feu et que papa lui a offert un reste de thé. Il était presque froid, j'en suis certaine, mais l'Indien semblait l'apprécier quand même.

Je dois avouer que je suis restée plantée là à les regarder, jusqu'à ce que maman me prenne par la main pour me conduire dans mon abri. Entre-temps, Jamie s'était aperçu qu'il se passait quelque chose. Je l'ai trouvé à genoux, sous notre bâche, regardant de tous ses yeux.

« Au lit, tous les deux ! » nous a ordonné maman, d'un ton fâché.

On dirait qu'elle a eu encore plus peur que moi. Je pense qu'elle ne peut plus rien supporter.

Sans me laisser une seconde pour lui répondre, elle a tourné les talons, puis a disparu dans son abri.

Évidemment, je n'avais aucune envie de lui obéir, et Jamie non plus. Je me suis agenouillée à ses côtés, et nous avons regardé papa qui discutait avec l'Indien. Ils ont parlé très longtemps, dans notre langue et dans celle de l'Indien. Je ne pouvais donc pas tout comprendre ce qu'ils disaient, mais j'entendais bien, au son de sa voix, que l'Indien était mécontent. Finalement, il s'est relevé et il est reparti. C'est quand papa est allé rejoindre maman que je me suis rappelé mon journal. Je me suis précipitée dehors pour aller le récupérer et je suis revenue tout aussi vite dans notre abri. J'étais certaine que des centaines d'Indiens épiaient mes moindres gestes.

Ce matin, je me suis sentie honteuse, quand papa nous a expliqué ce qui était arrivé. L'Indien, dont le nom anglais est John, fait partie d'une bande d'Iroquois qui se rendent, eux aussi, au Canada. Et il a une bonne raison d'être fâché. Il paraît que lui et son peuple ont été chassés de leur territoire, comme nous, pour avoir combattu aux côtés des Anglais, tout comme Angus et tous les autres Loyalistes. Pendant la guerre, leur village, qui était gros comme une de nos bourgades, a été incendié et toutes leurs maisons, détruites. Les Britanniques avaient promis de leur redonner leurs terres, quand la guerre serait terminée. Mais ils les ont cédées aux Américains. Maintenant, il ne leur reste plus, à lui et à sa famille, qu'à se rallier à leur chef, Joseph Brant, et à aller le rejoindre au Fort Niagara. Papa m'a dit qu'il avait beaucoup entendu parler de ce chef Brant. Son nom indien est Thayendanegea. (Papa m'a dit comment l'épeler.) C'est un grand chef, d'après papa.

John a demandé à papa si lui et sa bande pouvaient se joindre à nous pour faire un bout de chemin. Ils ont eu des problèmes avec les patrouilles de rebelles et ils espèrent qu'en voyageant avec nous, les choses seront plus faciles pour eux. Papa s'est dit très content de la suggestion. Il a alors avoué qu'il ne connaissait pas bien la route à suivre, contrairement à John, qui connaît bien le pays. John a dit que, jusque-là, nous avions pris la bonne direction mais que, plus loin, le chemin devenait beaucoup plus difficile. Jamie, comme de raison, est tellement excité qu'il ne sait plus quoi dire.

Plus tard

Je dois encore écrire ce qui suit, même si je suis déjà sous ma couverture et que je ne vois presque rien.

Quand je suis revenue me coucher, tout à l'heure, j'ai buté contre quelque chose. Le feu brûlait encore tout juste assez pour que je puisse voir le chien, qui s'était couché en boule à côté de Jamie. Aujourd'hui, il est venu manger dans nos mains. Je crois qu'il a enfin compris que nous sommes ses amis. Il m'a regardée, mais sans grogner. Je me suis vite glissée sous ma couverture en prenant soin de laisser un bon espace entre lui et moi. Jamie dormait, avec le sourire fendu jusqu'aux oreilles. Le chien a alors grogné, mais cette fois, c'était de plaisir et de satisfaction.

Mais il sent tellement mauvais!

Le 16 octobre 1783

Aujourd'hui, nous avons traversé une forêt dense, et papa a dit qu'il était vraiment rassuré que John et les autres Indiens nous accompagnent. Ils marchent derrière nous, et nous ne les voyons pas, mais John, lui, marche avec nous. Quand nous nous sommes arrêtés pour la journée, John et papa sont partis à la pêche, et papa a rapporté trois grosses aloses pour le dîner. John nous a montré comment les nettoyer, puis les faire cuire sous la cendre jusqu'à ce que la chair se détache facilement de l'arête. C'était délicieux! J'avais une excellente raison de remercier le bon Dieu, avant le repas.

Nos longues journées de marche ne me fatiguent plus, maintenant. C'est même apaisant de suivre la piste tout en écoutant le chant des oiseaux perchés dans les arbres, au-dessus de nos têtes. Et il y a ici autant d'écureuils que chez nous. Papa en a d'ailleurs attrapé deux, que nous ferons cuire dans notre ragoût, ce soir. Tôt ce matin, Jamie et moi, nous avons suivi le ruisseau au bord duquel nous avions installé notre camp, et Vagabond a trouvé un raton laveur occupé à frotter quelque chose dans l'eau. Le chien allait le pourchasser, quand Jamie l'a appelé en sifflant. Jamie et le chien se sont adoptés totalement l'un l'autre. Cet animal ingrat a complètement oublié que c'est moi qui lui ai donné à manger la première.

Oh, et j'ai vu une mouffette aussi. Heureusement que Vagabond ne l'a pas vue! Il sent déjà assez mauvais. Pas besoin d'y ajouter le parfum de la mouffette!

Il y a aussi d'autres animaux beaucoup moins gentils. Des loups et des ours. Et des lynx. Je dois avouer que, rien que d'y penser, j'en ai la chair de poule. Parfois, la nuit, je reste étendue sans dormir et j'entends toutes sortes de bruits venant de la forêt qui nous entoure. Je ne peux pas m'empêcher d'avoir peur, même si papa prend soin de garder le feu bien allumé toute la nuit. Hier soir, j'ai entendu une petite bête crier et je ne pouvais pas m'empêcher d'imaginer ce qui venait de lui arriver.

Les nuits sont fraîches, maintenant. Je m'enroule dans le beau châle en laine que grand-maman m'a tricoté et, quand Jamie et moi nous allons nous coucher, le soir, j'apprécie presque la chaleur que dégage le corps puant de notre chien. Les Indiens campent hors de notre vue, mais quand même tout près. Je peux voir la fumée de leur feu qui monte à travers les arbres, pas loin d'ici, et ça me rassure. John et papa ont discuté ensemble pendant des heures, hier soir, quand tout le monde a été couché. Ce soir, John a amené son fils visiter notre camp. Il a le même âge que Jamie. Ils se sont tout de suite bien entendus et se sont mis à jouer ensemble avec des bâtons et des cailloux. Papa et John les regardaient faire, et j'ai été surprise de voir, sur leur visage, le même sourire plein de fierté paternelle.

Nous sommes maintenant partis depuis plus d'une semaine. Mais on dirait que ça fait une éternité!

Le 17 octobre 1783

Nous avons eu un spectacle incroyable, aujourd'hui! C'est difficile à expliquer avec des mots. Pendant presque toute la journée, nous avons suivi la berge de la rivière. Peu à peu, elle s'élevait au-dessus de la surface de l'eau, formant une falaise de plus en plus haute. J'entendais un grondement, qui augmentait au fur et à mesure que nous avancions.

« Il y a une chute un peu plus loin, a dit papa. John me l'a dit. »

Je n'avais jamais vu de grosses chutes de ma vie et j'avais bien hâte de voir celle-là. Finalement, au début de l'après-midi, John a donné l'ordre d'arrêter notre marche. Nous ne pouvions pas voir la rivière, de là où nous étions, mais le bruit de la chute était si fort que nous avions du mal à nous parler. John nous a guidés à travers la forêt, jusqu'à la berge. Et quand nous sommes sortis des bois, quel spectacle nous attendait! Nous nous trouvions à la tête de la chute. La surface de la rivière ressemblait à une immense nappe d'huile, toute lisse, qui coulait devant nous avec un puissant courant, avant de plonger dans le vide pour aller ensuite se fracasser sur de grands rochers, tout en bas. L'air était rempli de minuscules gouttelettes dans lesquelles dansaient des arcs-en-ciel. Je n'ai jamais rien vu de si beau de toute ma vie. Je me sentais toute petite, devant une si grande puissance, et j'en avais le souffle coupé.

Mais papa dit que, maintenant, nous avons un problème. C'est ici que nous devons nous séparer de John et de sa bande. L'Hudson tourne vers l'ouest, mais nous, nous devons continuer vers le nord jusqu'à ce que nous arrivions au bord d'une rivière qui coule vers le lac

Champlain. John dit que cette rivière s'appelle la Mettawee, ou quelque chose du genre. Je ne suis pas sûre de l'avoir bien écrit, mais ça sonne à peu près comme ça. Papa craint que nous nous perdions, en continuant seuls. La piste semble très difficile à partir d'ici, étroite et pas toujours évidente. John est en train de donner toutes les indications nécessaires à papa.

Papa vient de nous rejoindre, avec une très bonne nouvelle. John a proposé de nous guider jusqu'à la Mettawee. C'est vraiment gentil de sa part, surtout que sa famille devra rester ici à l'attendre. Le Fort Niagara, où ils doivent se rendre, est très loin à l'ouest d'ici. Ils voulaient nous accompagner seulement jusqu'à la courbe de l'Hudson et, de là, continuer leur chemin vers l'ouest. Papa dit que ce sera un très long voyage et qu'ils n'atteindront probablement pas le fort avant le début de l'année prochaine. Autrement dit, ils devront continuer de voyager pendant l'hiver. Je ne peux même pas imaginer combien ce sera dur!

Nous avons établi notre campement tout près de la rivière et, pendant que j'écris cette page, mes oreilles sont remplies du bruit de la chute. C'est étrangement apaisant. Je crois que je vais bien dormir, ce soir.

Le 18 octobre 1783

Nous avons quitté les bords de l'Hudson, maintenant. Grâce à Dieu, John est resté avec nous, sinon nous nous serions sûrement égarés. Nous traversons une forêt touffue, et la piste est accidentée et très étroite. Et nous avons rencontré plusieurs bifurcations. Il y a de quoi s'y perdre!

Le 19 octobre 1783

Un autre dimanche. Papa a récité des prières avec nous, ce matin, mais, encore une fois, il a refusé de s'arrêter pour la journée. Le Seigneur le lui pardonnera sûrement, mais pas grand-maman.

Les feuilles des arbres sont toutes colorées maintenant. Même par temps couvert, la forêt semble briller. Ce doit être tellement beau, chez nous! Mais je ne dois pas y penser. Ça me rend trop triste.

J'ai porté la petite Margaret une grande partie de la journée, aujourd'hui, même si elle devient de plus en plus lourde. Elle semble plus heureuse quand on la porte et pleure moins. Maman la fait boire au sein, puis elle s'endort, et je la porte pour un petit bout de chemin. Elle babille beaucoup et commence à regarder tout ce qui l'entoure. Un petit oiseau est venu se percher sur une branche tout près de nous, quand nous nous sommes arrêtés à midi, et Margaret s'amusait beaucoup à pousser de petits cris.

Maman semble un peu soulagée, mais elle est encore très malheureuse. Elle ne chante pas de chansons à Margaret. Quand Jamie était tout petit, je me rappelle que maman chantait des chansons. En fait, elle chantait tout le temps, et nous adorions chanter avec elle. Ses chansons préférées étaient les berceuses et de vieilles ballades en dialecte écossais, que je ne comprenais qu'à moitié. Papa aimait chanter, lui aussi, surtout des chansons gaillardes et des complaintes de matelots. Parfois, il se laissait emporter d'enthousiasme, et grand-maman lui faisait signe d'arrêter de chanter en pinçant les lèvres et en pointant le menton vers Jamie et moi. Alors, il était soudainement secoué par un accès de toux et il cessait aussitôt de chanter. Je pense que c'étaient des chansons qu'elle trouvait déplacées. Papa a beau être un adulte, on dirait parfois que grand-maman le traite encore comme un petit garçon.

Notre chanson préférée, à Angus et à moi, c'était une chanson de marin que papa chantait et que maman, elle, n'aimait pas beaucoup.

« Bon sens, Robert, disait-elle toujours. Je me demande où tu vas chercher des chansons pareilles! »

Mais ça n'empêchait pas papa de continuer à chanter tout ce qu'il voulait.

C'est une chanson triste, celle que je préfère, à propos d'un jeune matelot qui meurt noyé, abandonné par son capitaine. Nous chantions toujours le refrain en chœur, à tue-tête, la voix puissante de papa dominant les nôtres. Je n'ai jamais réfléchi au sens des paroles de ce refrain. Maintenant, j'y pense souvent. Ça dit :

Sous le ciel aux couleurs de fin du monde,
Petit marin sombre dans la noirceur de l'onde.

Nous prendrons un bateau pour traverser le lac Champlain, si papa peut en trouver un. Je n'ai jamais voyagé en bateau.

Je ne sais pas nager. J'espère que je ne me noierai pas!

Le 20 octobre 1783

Nous sommes arrivés à la rivière Mettawee. Jusquelà, nous n'avons rencontré que des ruisseaux que nous pouvions traverser à gué, mais cette rivière est très large et le courant y est très fort. Elle m'a l'air dangereuse.

John a dit qu'il pourrait trouver un meilleur endroit où la traverser. Il est donc parti en éclaireur avec papa, nous laissant derrière. Jamie s'amuse à lancer des cailloux dans l'eau, et Vagabond essaie d'aller les chercher. Ça fait deux fois que Jamie tombe dans l'eau et que je dois aller le rescaper. Maman profite de l'arrêt pour donner le sein à Margaret. Grand-maman a l'air soucieuse.

Plus tard

Nous avons traversé la rivière, mais j'en tremble encore de peur. Et je suis toute trempée, comme tout ce qui nous appartient, d'ailleurs. Heureusement, j'ai réussi à garder mon journal au sec.

Quand papa et John sont revenus, ils nous ont conduits un peu plus loin, à un endroit où nous pourrions traverser. La rivière était un peu moins large, mais elle l'était encore assez pour nous effrayer. Je ne pouvais pas m'empêcher de me demander quelle était la profondeur de l'eau. Et je me serais bien passée de la réponse!

À partir de maintenant, il nous faudra continuer notre route sans John. Il est resté sur la berge, à nous regarder entrer dans l'eau avec Arthur. J'ai regardé derrière moi une seule fois puis, quand le courant a commencé à nous emporter, je ne me suis plus occupée que de rester bien accrochée au chariot, en espérant ne pas me noyer. Quand nous avons été rendus au milieu de la rivière, Arthur avait de l'eau jusque sous le menton. Puis il a trébuché, et le chariot s'est mis à basculer. L'eau s'y est engouffrée, et maman a hurlé. D'une main, j'ai retenu Jamie et de l'autre, je me suis accrochée au bord du chariot. Je n'ai pas crié, mais j'avoue que j'avais les yeux fermés. J'étais incapable de les ouvrir pour regarder. Jamie, bien sûr, ne s'inquiétait que de Vagabond, qui nous suivait à la nage.

Soudain, j'ai entendu Jamie crier très fort et j'ai ouvert les yeux pour découvrir que le chien était emporté par le courant. Mais tout ce que je pouvais faire, c'était de continuer à tenir Jamie. Je suis certaine qu'il se serait lancé au secours de Vagabond, si je ne l'avais pas tenu fermement. Il a hurlé de rage, causant tout un émoi, jusqu'à ce que nous ayons atteint l'autre rive. Aussitôt, il est descendu du chariot et s'est précipité vers la rivière.

« Rattrape-le! » m'a crié maman.

Mais j'étais déjà partie à sa suite.

Grâce au ciel, le chien avait réussi à s'en sortir et il avait repris pied sur la berge, un peu plus loin. Évidemment, la première chose qu'il a faite, ç'a été de se secouer quand je suis arrivée à côté de lui. Comme si je n'étais pas déjà assez mouillée!

Quand j'ai pensé à regarder vers l'endroit d'où nous venions, j'ai vu que John était déjà parti.

Maintenant, papa est en train de préparer le feu, et maman étend nos vêtements et nos couvertures sur les buissons, pour les faire sécher. Je m'occupe de Margaret, qui a le hoquet. Elle a l'air si étonnée, chaque fois qu'un hoquet la secoue, que je ne peux pas m'empêcher de rire.

Je suis tellement soulagée que nous ayons réussi à traverser cette rivière!

Grand-maman gronde Jamie sans arrêt, depuis que nous avons installé notre camp. Le chien et lui sont détrempés et ont vraiment l'air piteux. La Brune beugle. Elle a été obligée de nager, et ça ne lui a pas plu du tout!

Je me sens seule, sans John. Je ne m'étais pas rendu compte à quel point sa présence me rassurait. Papa dit qu'il ne croit pas que nous aurions réussi à nous rendre jusqu'ici sans son aide et il lui en est immensément reconnaissant. Papa le lui a d'ailleurs généreusement rendu car, en plus d'une bonne part de nos vivres, il lui a donné tout ce qui lui restait de son précieux tabac. Finies, les soirées au coin du feu, à fumer une bonne pipe! J'ai du mal à l'imaginer sans sa pipe, le soir venu.

Le 21 octobre 1783

Nous devons maintenant suivre cette rivière jusqu'au lac Champlain. Nous devrions atteindre l'extrémité sud du lac demain, et John a dit à papa que la Pointe aux cheminées n'est qu'à un ou deux jours de marche, sur la rive est du lac. Je dois avouer que j'ai encore l'estomac qui se noue, quand je pense à l'avenir qui nous attend.

« J'aurais aimé que John reste avec nous un peu plus longtemps », ai-je dit à papa, ce matin, et il a souri en me serrant dans ses bras.

« Tu t'inquiètes trop, petite Mary, m'a-t-il répondu. Tout va bien aller. »

Blottie contre son épaule, je me suis laissée bercer par la force et la bonne odeur qui se dégagent de lui. Pendant un instant, j'ai eu l'impression d'être retournée dans le temps. Comme il m'a manqué! C'est vrai qu'il est toujours là avec nous, physiquement, mais on dirait que son esprit est tout le temps ailleurs. C'est l'inquiétude, probablement. Il me dit, à moi, de ne pas m'en faire. Comment pourrais-je lui dire, à lui, de ne pas s'en faire?

Le 22 octobre 1783

Papa avait raison. Nous sommes arrivés au lac Champlain, et le paysage est devenu beaucoup plus valonné. Vu d'ici, le lac n'a pas l'air très grand, mais papa a entendu dire qu'il s'élargit, en allant vers le nord.

Notre trempette dans la rivière a fait prendre un bain à Vagabond malgré lui, et Jamie a décidé de terminer cette toilette en le plongeant dans le lac, pour ensuite le peigner et le brosser, au péril de sa vie. Le chien a l'air tout à fait respectable maintenant, et il a un très beau pelage. Il est même devenu très gentil. Il a léché ma main d'un grand coup de langue, ce matin, quand j'ai partagé avec lui un petit bout de mon porc salé.

Mais il sent encore mauvais. Grand-maman s'en plaint tout le temps, et rouspète aussi quand elle nous voit lui donner à manger. Mais je l'ai surprise en train de le caresser, une fois où elle ne savait pas que je pouvais la voir. Son brin de lilas est toujours vert. Gare à nous, Jamie et moi, si par malheur, nous l'écrasons, dans le chariot!

Le 23 octobre 1783

Je ne savais pas qu'il existait de si hautes collines! En fait, ce sont des montagnes. La piste que nous avons empruntée suit les rives du lac, mais elle est sinueuse et, par endroits, elle devient tellement à pic que nous devons descendre du chariot, tandis que maman fait avancer Arthur. Puis la piste redescend tout aussi à pic, et papa doit alors sauter dans le chariot et se tenir debout sur les freins. Nous devons nous arrêter souvent, pour nous reposer. Aucun de nous n'a alors envie de parler. Nous devons reprendre notre souffle, en prévision de la prochaine montée.

Le 24 octobre 1783
À la Pointe aux cheminées

Nous voilà enfin rendus à la Pointe aux cheminées! Grâce à Dieu, le paysage est redevenu plat, ici. Les montagnes se dressent maintenant vers l'est, au loin. Il y a eu des moments, au cours des derniers jours, où j'ai vraiment cru que je ne pouvais plus faire un pas de plus. Nous sommes tous trop épuisés pour continuer notre route.

Le lac m'apparaît très grand, vu d'ici, mais papa dit que ce n'est pas encore sa partie la plus large. Des vagues viennent rouler sur la berge. J'aperçois quelques bateaux sur l'eau. Ils n'ont pas l'air bien grands, et les vagues les secouent de manière inquiétante. Quelle sera donc la grosseur des vagues, dans la partie la plus large? Je me le demande bien. Je devrais sans doute être tout excitée de prendre le bateau – autant que Jamie – et pourtant, je ne le suis pas.

Les feuilles des arbres sont encore toutes colorées, sur la colline, de l'autre côté, mais le temps se rafraîchit sérieusement. Papa est parti faire les arrangements pour le bateau. En attendant son retour, je vais décrire l'endroit où nous sommes.

D'abord, il y a tant de monde ici que j'en suis restée bouche bée. Des familles entières, avec chariots et animaux, campent au bord du lac. Certaines ont des tentes, mais d'autres, comme nous, n'ont que des bâches pour s'abriter. Et je n'ai jamais vu autant d'Indiens. Les enfants courent un peu partout, et c'est bruyant au-delà de tout ce qu'on peut imaginer. Au moment où j'écris ces lignes, je suis assise devant notre feu, sur une petite élévation de terrain qui surplombe le lac. En bas, il y a une plage de sable, et Jamie est aux anges. Il s'est fait des amis parmi les enfants, et ils sont tous pieds nus, mouillés et couverts de sable. J'aimerais bien aller marcher sur cette plage, moi aussi, mais je dois m'occuper de Margaret, qui dort en suçant son pouce. Maman est en train de traire La Brune et grand-maman fait la sieste sous une bâche. Maintenant, Jamie essaie d'apprendre à Vagabond à rapporter un bâton. Vagabond ne semble pas comprendre le but du jeu et il fait n'importe quoi, et les autres enfants se moquent de lui. Jamie a laissé tomber et est parti récupérer son bâton, lui-même.

Ce serait tellement agréable de n'avoir que cinq ans et de n'avoir aucun souci en tête.

On dirait que tout le monde veut faire voile vers le Canada. Sauf les gens qui vivent ici. Ils sont très fermés, très distants. Papa dit que ce sont tous des Patriotes et qu'ils n'ont aucune sympathie envers nous. Je n'ai pas de mal à le croire. Une vieille femme vient tout juste de passer à côté de moi en marmonnant entre ses dents : « Tous des lâches, ces Loyalistes! » Mais tout de même assez fort pour que je l'entende, et je suis sûre qu'elle l'a fait exprès. D'ailleurs, elle me fusillait du regard!

Il reste encore, ici et là, quelques fondations de maisons incendiées, avec la cheminée qui se dresse vers le ciel.

C'est d'ailleurs de là que vient le nom de l'endroit : la Pointe aux cheminées. Papa en a profité pour me donner une de ses leçons d'histoire. Il m'a expliqué que cette région a d'abord été colonisée par les Français et que, quand la guerre a éclaté entre eux et les Britanniques à propos, justement, du contrôle de ce territoire, les Britanniques ont envahi la région et ont forcé tous les colons à s'enfuir. Avant de partir, ceux-ci ont incendié leurs maisons, et il n'en reste maintenant que les cheminées, toutes droites au beau milieu de nulle part.

Je suis bien contente que nous n'ayons pas mis le feu à notre maison en partant. Ç'aurait été vraiment trop triste!

Une fille, qui semble avoir à peu près mon âge, est arrivée devant notre campement et elle m'observe attentivement. Elle a de magnifiques cheveux blonds, tout bouclés. Elle est très jolie et élancée, aussi. Pas comme moi. Je crois que vais aller lui parler. Il y a si longtemps que je n'ai pas parlé à quelqu'un de mon âge!

Plus tard

Quel bonheur! Elle s'appelle Hannah et, avec sa famille, elle est en route pour le Canada, elle aussi. On ne croirait jamais qu'elle vient de vivre des choses aussi difficiles que moi. Elle déborde d'entrain et parle sans arrêt. Elle a dit que, quand elle m'a aperçue, elle a été ravie de trouver enfin quelqu'un de son âge.

Exactement comme moi. Puis elle m'a dit qu'elle avait dû attendre que je remarque sa présence, à mon tour, car sa mère a menacé de lui mettre une muselière, si elle n'arrivait pas à se tenir la langue.

« Mais je suis incapable de me retenir de parler, m'a-t-elle avoué. Totalement incapable! Les mots s'agitent en dedans de moi et ne demandent qu'à sortir! »

Et, sans trop me rendre compte pourquoi, je me suis retrouvée à parler et à rire avec elle, en oubliant tous mes soucis.

Son nom de famille est Ross, et ils habitaient dans la vallée de la rivière Mohawk. Ils viennent d'encore plus loin que nous. Mais ils ont un très bon chariot, et ils ont le plus bel attelage de bœufs que j'ai jamais vu. Hannah m'a emmenée jusqu'à leur campement pour me montrer les bêtes et pour me présenter sa famille. Monsieur Ross est très gros, très exubérant et direct dans ses manières, et il a les cheveux aussi bouclés que ceux d'Hannah. Et il parle très, très fort. Madame Ross a l'air toute petite à côté de lui, mais elle est toujours là à vouloir le mener par le bout du nez. Ils étaient si drôles à voir ensemble que je devais me cacher pour qu'ils ne me voient pas rire. Il y a aussi une grande sœur, Molly, et deux petits frères, qui s'appellent George et Hugh. Et les bœufs s'appellent Donald et Ronald. Ils sont gros, mais très gentils. Monsieur Ross m'a laissée les flatter. Ils ont de beaux grands yeux noisette.

Molly semble avoir pris sa mère pour modèle. Elle n'arrêtait pas de donner des ordres à Hannah et à ses deux petits frères, et je n'aurais pas été étonnée de la voir en faire autant avec moi.

Oh, comme j'aimerais que nous puissions poursuivre notre voyage vers le Canada avec eux! C'est une famille si charmante, et c'est si agréable d'avoir trouvé une amie.

Encore un peu plus tard

Comment puis-je me retrouver si heureuse, à un moment donné, puis si désespérée, le moment d'après? Je venais tout juste d'écrire ces dernières lignes quand j'ai aperçu papa qui revenait avec une mine d'enterrement. J'ai tout de suite su que quelque chose n'allait pas. J'ai d'abord pensé qu'il n'avait pas réussi à trouver un bateau prêt à nous prendre, mais ce n'était pas ça. Encore pire! Il a bien trouvé un bateau, mais trop petit pour y embarquer notre chariot. Nous ne pourrons emporter que ce que nous sommes capables de porter nous-mêmes. Adieu, Arthur, adieu, La Brune! Et adieu, les poules! Maman est hors d'elle. Jamie hurle et s'accroche désespérément à Vagabond. Jamais il ne se séparera de ce chien! Je me sens comme assommée. Comment allons-nous faire pour survivre, sans nos affaires? Sans nos bêtes?

Mon rêve de voyager avec la famille d'Hannah s'est réalisé, mais ce sera plutôt un cauchemar! Eux non plus ne pourront pas emmener leurs magnifiques bœufs et leur chariot. Hannah m'a confié que madame Ross est complètement désespérée. Elle est tisserande et elle ne pourra pas emporter son métier à tisser. Hannah m'a expliqué que c'est compliqué de fabriquer un métier, et que celui-là a été fait spécialement pour sa mère par un maître charpentier de chez eux.

Le 25 octobre 1783

C'est probablement le pire jour que nous ayons eu depuis que nous avons dû nous enfuir de chez nous. Nous avons passé presque toute la journée à décharger notre chariot et à essayer de voir ce que chacun de nous pouvait emporter. Ça ne donne pas grand-chose! Maman a enveloppé son beau plat de porcelaine dans la couette. Elle dit qu'elle ne s'en séparera jamais. Papa a fait un paquet de ses outils. Je porterai Margaret et je ne pourrai pas prendre grand-chose d'autre, mais je vais quand même garder ce que je peux. Le pauvre petit Jamie va porter ce qu'il peut porter. Grand-maman dit qu'il faut emporter tout ce que nous pouvons de casseroles, mais nous ne pourrons pas en prendre beaucoup. En tous cas, certainement pas les poêles de fer. Comment allons-nous pouvoir cuisiner? Elle est devenue toute silencieuse, comme jamais je ne l'ai vue, quand elle s'est rendu compte qu'elle devra laisser son rouet. Sa propre mère l'avait emporté d'Écosse, quand elle était partie pour l'Amérique. Mais grand-maman ne laissera pas son brin de lilas. Je devrai probablement le porter aussi. Heureusement qu'il est tout petit!

Toutes nos affaires forment un tas. Maintenant, papa est en train d'atteler Arthur au chariot, qui est encore rempli de toutes les choses que nous ne pouvons pas emporter. Les poules sont affolées, comme si elles savaient le triste sort qui les attend. Et La Brune meugle sans arrêt. C'est insupportable!

Au moins, papa a permis à Jamie de garder Vagabond.

« Il y aura sûrement de la place pour un petit chien, sur ce bateau », a-t-il dit.

Vagabond n'est pas petit du tout, mais papa a tellement l'air de quelqu'un qui ne peut plus rien supporter que personne n'osera le contredire. Je ne l'ai jamais vu si fâché. Même que maman et lui se sont disputés. Je ne les avais jamais entendus se disputer aussi fort.

« Pourquoi ne pouvons-nous pas garder notre chariot et continuer notre route vers le nord? a dit maman, quand il est revenu avec la mauvaise nouvelle.

— Parce qu'il n'y a pas de route, lui a répondu papa en grognant de colère, ce qui ne lui ressemble pas du tout. Juste un mauvais sentier, coupé par des rivières que nous ne pourrions pas traverser à gué, nous-mêmes. D'ailleurs, a-t-il ajouté, la saison est déjà trop avancée. Il nous faudrait des semaines, même peut-être des mois, pour nous rendre jusqu'à Sorel, et nous ne pourrions pas y arriver avant que la neige recouvre tout.

— Mais nous ne pouvons pas tout laisser ici! a crié maman.

— Je vais tout vendre, au meilleur prix que je peux

47

en obtenir. Le prix du passage pour le bateau est exorbitant, et ce surplus nous aidera à le payer », lui a répondu papa.

Et, avant qu'elle n'ait le temps d'ouvrir la bouche pour lui répondre, il a ajouté : « Pas un mot de plus sur le sujet, Fiona. »

Et il lui a tourné le dos! Jamais je n'aurais cru qu'il la traiterait un jour d'une telle façon!

Maman était furieuse, triste, désespérée; tout ça en même temps. Même grand-maman évite de l'irriter davantage.

J'étais incapable de regarder papa emmener Arthur et La Brune avec lui. Ils ont toujours été là, du plus loin que je me souvienne. Et de penser qu'ils vont être vendus à un étranger! Et qui pourrait les maltraiter!

Plus tard

Papa est revenu tard, ce soir. Il n'avait pas l'air bien. Maman lui a jeté un coup d'œil, puis a hoché la tête.

« Les gens d'ici nous détestent, a-t-il grommelé, si bas qu'on l'entendait à peine. Ils ne m'ont donné que des miettes pour nos affaires!

— Même pour Arthur et La Brune? » a demandé Maman, dans un murmure.

Papa n'a rien dit, se contentant de faire signe que oui.

Hannah est venue nous voir, après le souper. Elle avait l'air dévastée. Rien à voir avec la fille souriante d'hier. Son père, lui aussi, a vendu leur chariot et leurs bœufs, et presque toutes leurs affaires. La personne qui a acheté leur métier à tisser leur a offert un prix ridicule. Hannah a dit que, quand l'homme qui a acheté Donald et Ronald est reparti avec ceux-ci, elle est sûre d'avoir vu les yeux de son père se remplir de larmes. C'est difficile à croire! Monsieur Ross, si gai, si amusant, hier. Selon Hannah, son père a dit que l'homme était tout content d'avoir eu les bœufs à si bas prix.

En me racontant ça, Hannah s'est mise à pleurer. Je me suis avancée vers elle, puis je me suis mise à pleurer, moi aussi. Je n'ai pas pleuré beaucoup, jusqu'à maintenant, mais là, c'était plus que je ne pouvais supporter. Nous nous sommes jetées dans les bras l'une de l'autre et nous avons pleuré, pleuré et pleuré!

Le 26 octobre 1783

Il y a un pasteur, ici, et il a dit la messe, ce matin. Grand-maman s'en porte mieux, mais pas nous. Pourtant, il a prié pour notre salut à tous, nous qui allons entreprendre un « dangereux voyage ». C'est une bonne chose, parce que je crois que nous aurons besoin de toutes les prières du monde.

Le 27 octobre 1783

Nous partons aujourd'hui. Nous avons terminé nos paquets et nous attendons que papa vienne nous chercher. Maman fait les cent pas, la petite Margaret dans les bras, tandis que grand-maman reste assise sans bouger. Jamie est insupportable, mais elle ne lui a encore rien dit.

Le 29 octobre 1783
Quelque part sur le lac Champlain

Je n'ai pas pu écrire dans mon journal depuis deux jours parce que j'étais trop malade. Comme tout le monde, sauf papa. Ce voyage à la voile semble même lui plaire énormément, malgré tous nos malheurs.

J'avais raison de m'inquiéter des vagues. Le lac est énorme, les vagues sont gigantesques, et le bateau sur lequel nous voguons est si petit! C'est une barque à voile, pointue aux deux extrémités et équipée de bancs pour recevoir des passagers. Il n'y a ni toit ni abri d'aucune sorte. Nous prions donc pour qu'il ne pleuve pas. Il y a quatre familles et nous sommes serrés comme des sardines, à trois ou quatre par banc. Nous ne pouvons pas nous lever, encore moins marcher pour nous dégourdir les jambes.

Cinq hommes manœuvrent la barque : quatre qui rament et un qui tient le gouvernail. Ils sont tout contents parce que, aujourd'hui, le vent est assez fort pour permettre de naviguer à voile, sans se fatiguer à ramer. Nous descendons à terre chaque soir, mais juste assez longtemps pour faire un feu et manger – comme en ce moment où j'écris – puis nous rembarquons aussitôt fini. C'est très inconfortable, de dormir entassés les uns sur les autres, mais les mariniers préfèrent continuer à naviguer de nuit pour profiter du vent. Je me demande quand ils prennent le temps de dormir.

Les mariniers nous cuisinent un bon bouillon tous les soirs, ou nous font griller du poisson sur le feu, quand la pêche a été bonne sur le lac, mais je n'arrive pas à en avaler une seule bouchée. Juste de sentir les odeurs de cuisine me rend malade. Je crois que je vais en mourir!

Hannah est malade, elle aussi, comme tout le reste de sa famille. Si ça continue, son père sera beaucoup moins gros, quand nous arriverons au Canada. Il a déjà changé. Il est malade, comme nous tous, mais il y a autre chose. On dirait qu'il a rapetissé. Comme s'il avait dégonflé. Même sa voix est devenue plus petite.

Une des deux autres familles à s'être embarquées se nomme Denny. Ils vont s'installer dans une grande ville de la province de Québec, qui s'appelle Montréal. Ce sont des gens importants, et ils ont même emmené leurs esclaves avec eux! (Ils les ont fait asseoir complètement à l'arrière de la barque.) Évidemment, ils ne les appellent plus leurs esclaves, mais leurs domestiques. Papa dit que c'est très hypocrite de leur part. Ils sont encore des esclaves, comme ils l'ont été toute leur vie. Il dit que les seuls Noirs vraiment libres sont les esclaves fugitifs américains qui ont combattu avec les régiments britanniques.

Les Denny ont trois jeunes enfants, mais madame Denny leur interdit de nous parler. La famille noire comprend les deux parents, Obediah et Lisa, et une petite fille prénommée Tam. Elle est toute menue et toujours tranquille. On dirait une petite souris. Elle me regarde, cachée derrière les jupes de sa mère, pendant que j'écris ces lignes.

Ils nous appellent pour que nous rembarquions. Je vais encore être malade !

Le 30 octobre 1783

Que c'est étrange ! Ce matin, je me suis réveillée et je me sentais toute bien, comme si je n'avais jamais été malade. La barque fendait les flots, et le vent semblait me glisser sur le corps. Je me sentais fraîche et dispose, et de nouveau en vie. Et j'avais faim ! Tout ce que nous avions à nous mettre sous la dent, c'était de la galette et du fromage que papa a achetés à la Pointe aux cheminées, mais c'était quand même délicieux. Madame Ross a plongé la main dans un de ses baluchons et en a ressorti un pot de confiture de mûres.

« Le dernier de ma réserve. J'ai laissé des douzaines de pots dans le chariot et je suppose que quelqu'un d'autre saura en profiter, a-t-elle dit. Mais ce n'est pas grave. Je suis sûre qu'il y aura des mûres en quantité, au Canada », a-t-elle ajouté en haussant les épaules.

Elle a le don de prendre la vie du bon côté, comme dirait grand-maman. Mais là, elle fait visiblement un effort. Hannah dit qu'elle ne se plaindra jamais du métier à tisser qu'elle a dû abandonner. J'aimerais que maman se montre aussi courageuse. Madame Ross a beau essayer de s'en faire une amie, maman reste sans bouger, toujours à broyer du noir. Elle n'aime vraiment pas voyager en bateau.

Maintenant que nous nous sentons mieux, Hannah et moi, nous commençons à apprécier d'être en bateau. Hannah est redevenue comme avant et elle parle tout le temps. Sa mère se bouche les oreilles, mais moi, j'aime l'écouter! Je suis si contente d'avoir retrouvé une amie.

C'est très agréable de naviguer ainsi à la voile. On se sent libre comme l'air, surtout que les vagues sont moins effrayantes. Je me tiens solidement aux bords de la barque et je laisse mon visage se couvrir de gouttelettes. C'est très rafraîchissant! La sensation était tellement agréable qu'Hannah et moi étions penchées par-dessus bord pour en recevoir encore plus, quand grand-maman nous a dit d'arrêter. Nous étions déjà toutes trempées.

« Vous avez l'air de deux chats mouillés », a-t-elle lancé en reniflant.

Je pense qu'elle trouve Hannah aussi mal élevée que moi. C'est vrai, et j'en suis très contente.

Le 31 octobre 1783

Le vent est tombé, aujourd'hui, et les mariniers n'étaient pas contents d'avoir à ramer, mais j'aime beaucoup ça. Les vagues sont devenues moins grosses, et la barque avance beaucoup plus doucement sur l'eau. Le lac s'étend à perte de vue devant nous et il est entouré de hautes montagnes de chaque côté, avec des falaises qui tombent dans l'eau, du côté ouest. Je suis restée assise, bien tranquille, à contempler la beauté de ce paysage.

Nous sommes maintenant installés dans notre campement, sur une grande plage. En mettant le pied à terre, Hannah et moi, nous avons enlevé nos bottes et nous sommes parties courir dans le sable. J'aime sentir le sable frais entre mes orteils. Nous n'avons eu que quelques minutes de répit, avant qu'on nous rappelle pour que nous nous occupions de nos tâches et des petits. Mais c'était tout ce qu'il nous fallait. En plus, nous ne rembarquerons pas ce soir! Maintenant qu'ils doivent avancer à la rame, les mariniers préfèrent s'arrêter à terre pour dormir. Ils nous ont donné des bâches pour nous abriter, et nous sommes maintenant confortablement installés. Ce sera merveilleux de dormir de nouveau à terre, avec un bon feu pour nous réchauffer les os.

Pour le souper, nous avons mangé du poisson fraîchement pêché par les mariniers. Ils l'ont passé dans la farine, puis l'ont fait cuire à la poêle, avec du lard, sur le feu. Avec de la galette et des navets pour accompagner le tout. Je suis maintenant assise devant le feu, bien emmitouflée dans une couverture, et je me sens toute bien, avec l'estomac bien rempli. Vagabond est très heureux, lui aussi. Il a été encore plus malade que nous tous et il était très content de recevoir un bout de peau de poisson bien grillée. En ce moment, il tourne en rond et s'amuse à courir après sa queue. Grand-maman essaie de prendre un air désapprobateur, mais sans grand succès. Je crois qu'elle est aussi contente que nous d'être confortablement installée dans notre campement. Elle faisait pitié à voir, dans la barque. Elle n'en a rien dit, mais je l'ai bien vu.

Maintenant, je peux prendre le temps de raconter un peu plus ce qui s'est passé, ces derniers jours. Il y a tant de choses à dire!

George et Hugh ont été vraiment insupportables, dans la barque. Quand ils ont été malades, nous avons eu un peu la paix.

« Deux vrais petits diables », a dit grand-maman.

Je crois qu'elle a raison. J'ai d'ailleurs dû, à plusieurs reprises, rattraper George par le fond de culotte avant qu'il ne tombe à l'eau, et, aussitôt que nous avons mis le pied à terre, j'ai trouvé Hugh en train de tresser la queue de Vagabond. Heureusement que Vagabond a bon caractère!

Je ne sais pas comment la mère d'Hannah ferait sans l'aide de Molly, car son style autoritaire est très efficace avec les deux garçons. Ils sont toujours agités!

Hannah a un oncle Allan qui, lui aussi, s'est enrôlé dans les Royal Yorkers de Sir John Johnson, et c'est pour cette raison que sa famille se rend maintenant à Sorel. Ils espèrent le retrouver là-bas, tout comme nous comptons revoir Angus. Je me demande s'ils se connaissent, tous les deux.

Maintenant, maman m'appelle pour que j'aille me coucher. Papa, en passant près de moi, m'a posé la main sur l'épaule. Il a vu que j'étais en train d'écrire mon journal et il m'a souri. Ça lui plaît, que je fasse ça.

Ça fait chaud au cœur, de le voir ainsi sourire de nouveau.

J'ai serré maman très, très fort, dans mes bras avant de me glisser dans ma couchette, et elle aussi m'a serrée très fort.

« Tu m'as bien aidée, Mary », m'a-t-elle dit.

Puis Margaret s'est mise à pleurnicher, et elle est partie la consoler, mais ça ne me dérange pas.

Bonne nuit, cher journal. Il y a un petit coin, tout au fond de mon cœur, qui commence à se réchauffer. Je me sens presque heureuse.

Le 1er novembre 1783
Toujours sur le lac Champlain

Un bon vent du sud s'est levé et nous naviguons de nouveau à la voile. Papa était assis à côté de moi, aujourd'hui, et il fredonnait un air tout bas. Notre chanson. Celle des marins. Alors, je me suis mise à chanter avec lui, très doucement pour commencer, puis de plus en plus fort, jusqu'à ce que, tous les deux, nous chantions à pleins poumons, enveloppés par les rafales de vent et l'odeur de l'eau.

Sous le ciel aux couleurs de fin du monde,
Petit marin sombre dans la noirceur de l'onde.

Hannah était contre moi, de l'autre côté, et je lui ai appris les paroles. Elle a une très belle voix et, quelques instants plus tard, nous chantions tous les trois à gorge déployée. Papa me tenait par les épaules, et Hannah et moi, nous nous tenions par la taille. Je crois que Madame Denny était scandalisée. Mais madame Ross, qui était assise à côté de maman, faisait un grand sourire. Puis George et Hugh ont commencé à jouer à la guerre avec Jamie, et Jamie – qui est plus jeune et moins grand qu'eux – est tombé de son banc en tentant d'échapper à leurs attaques. Alors, Vagabond s'est mis à sauter sur George et sur Hugh pour défendre Jamie, puis le marinier qui tenait la barre leur a crié à tous de s'asseoir et de rester tranquilles car ils faisaient tanguer la barque. Et quelques secondes plus tard, tous les trois pleuraient.

Tout un émoi, dans un si petit bateau!

Le 3 novembre 1783
Le Canada!

Nous sommes enfin arrivés au bout du lac Champlain et nous sommes entrés dans la province de Québec. Ça n'a rien de très différent de l'Amérique, sauf le paysage qui est maintenant moins montagneux qu'au sud du lac. Je vois de grandes forêts qui s'étendent de chaque côté, mais aucune colline.

Nous ne débarquerons pas tout de suite. Nous devons nous engager dans la rivière qui coule à la sortie du lac Champlain, et qui s'appelle le Richelieu, jusqu'à un endroit du nom de Fort Saint-Jean. Tous les noms de lieux sont français parce que cette région faisait partie de la Nouvelle-France avant que les Britanniques s'en emparent.

Hannah et moi, nous sommes devenues les meilleures amies du monde. C'est vraiment la fille la plus gentille que j'ai jamais rencontrée. Et la plus jolie. Mais elle ne semble pas s'en rendre compte ou bien, elle s'en moque totalement. Pas comme Lizzie Crane, qui se vantait toujours de son teint de lait, pas criblé de taches de rousseur comme le mien.

J'espère que nous pourrons habiter proche l'une de l'autre.

Je recommence à m'inquiéter. Ces jours passés dans la barque étaient comme une bulle en dehors du temps. Tout m'apparaissait comme un peu irréel. Mais maintenant, la dure réalité s'est rabattue sur nous. Je me demande ce que nous trouverons, quand nous arriverons à Sorel.

Le 4 novembre 1783
Au Fort Saint-Jean

Une journée dramatique, aujourd'hui! Tam est passée par-dessus bord! Voici comment c'est arrivé.

Nous étions en train d'accoster avec notre barque, au quai du Fort Saint-Jean, et Tam était tellement excitée tout à coup qu'elle s'est penchée un peu trop au-dessus de l'eau. Sa pauvre mère s'occupait des trois petits « anges » de madame Denny, ce qui l'a empêchée de garder un œil sur sa propre fille. J'étais la seule à l'avoir vue basculer par-dessus bord, car tout le monde était occupé à se préparer à descendre. Je la surveillais justement et j'allais la tirer par la manche quand plouf, elle est tombée dans l'eau! Sans même réfléchir, je me suis jetée à l'eau. Et c'est alors que je me suis rappelé que je ne savais pas nager! Grâce à Dieu, l'eau n'était pas très profonde et je pouvais toucher le fond. Mais Tam a eu moins de chance que moi. Elle est toute petite et elle avait de l'eau par-dessus la tête. Elle se débattait et gigotait comme un poisson pris à l'hameçon, et j'ai eu un mal fou à l'attraper. Finalement, j'y suis arrivée et je l'ai ramenée à son père.

Lisa et Obediah sont venus me rejoindre devant le feu où je me trouve maintenant, tout habillée de sec et enroulée dans une couverture, en train de boire une tisane de valériane que grand-maman m'a préparée. Lisa avait les larmes aux yeux et elle répétait sans cesse : « Merci, merci d'avoir sauvé ma petite! ». Et Obediah m'a serré la main de façon très solennelle.

Quant à grand-maman, elle n'arrête pas de me gronder, depuis ce qui est arrivé. Je suppose que ce n'est pas le genre de comportement que doit avoir une jeune fille bien élevée. Mais qu'est-ce que j'aurais dû faire? Laisser Tam se noyer?

Il fait très froid, et j'ai vraiment cru que je ne cesserais jamais de grelotter, mais la tisane m'a fait du bien et, maintenant, ça va.

Je suis triste de voir que Lisa et Obediah sont obligés de travailler pour une famille aussi déplaisante.

Monsieur Denny est un homme sévère et antipathique. Durant tout ce temps, il a à peine adressé la parole à papa ou à monsieur Ross. Il les considère probablement comme trop indignes, parce que lui, il a de l'argent et qu'il s'est arrangé pour garder presque toute sa fortune intacte. (J'ai entendu papa le dire à maman, l'autre soir. Je ne suis pas sûre de ce que signifie exactement ce mot « intacte », mais je suppose que ça veut dire qu'il a encore beaucoup d'argent. D'ailleurs, il porte à la taille une grosse bourse pleine d'argent. Peut-être qu'il a tout mis dedans.)

Ce doit être affreux d'être leur esclave. Pauvre petite Tam. Ce doit être affreux d'être l'esclave de qui que ce soit! Ils vont nous quitter, maintenant. Ils ont fait des arrangements pour louer un chariot qui les conduira jusqu'à Montréal, vers l'ouest. Quant à nous, nous continuerons notre chemin vers Sorel avec les Ross. À pied. Sans chariot. Notre fortune n'est pas du tout intacte.

Les temps qui viennent s'annoncent très durs.

Le 5 novembre 1783
Province de Québec

Nous longeons le Richelieu. La route est difficile, même s'il n'y a presque pas de côtes, Dieu merci. Nous sommes tous chargés comme des mules. Grand-maman a insisté pour transporter elle-même son brin de lilas, même si je lui ai offert de le prendre, et il a l'air bien mal en point. Il a perdu presque toutes ses feuilles, et je crois qu'il va mourir. Mais il n'est pas question d'en parler à grand-maman.

Hannah et moi, nous marchons ensemble, mais nous sommes tellement chargées que nous avons du mal à bavarder. La petite Margaret a été très malade durant toute la traversée en bateau et elle ne semble pas s'en remettre encore. Elle a régurgité tout son repas sur moi et, même si j'ai pu nettoyer tout ça à la rivière quand nous avons fait une pause, j'en sens encore l'odeur sur moi. Papa a bricolé une espèce d'écharpe pour m'aider à la porter, et ça aussi, ça sent mauvais, maintenant. J'étais très contente de la redonner à maman, ce soir.

Porc salé et navets pour le souper.

Je suis trop fatiguée pour continuer à écrire.

Le 10 novembre 1783

Le soir, je suis trop exténuée pour écrire dans ce journal, mais je vais quand même essayer de faire quelques lignes avant de m'endormir. Nous marchons toute la journée et nous ne faisons qu'une courte pause pour manger. Il pleut constamment depuis deux jours et, quand nous nous arrêtons pour la nuit, nous sommes trempés jusqu'aux os et tout grelottants. Nous mettons nos vêtements à sécher pour la nuit, devant le feu, mais le lendemain matin, ils sont encore humides. Je fais de mon mieux pour garder la petite Margaret au sec, mais elle pleurniche tout le temps. On dirait qu'elle ne boit pas bien dernièrement, et maman se fait du mauvais sang. J'aimerais tant que La Brune soit encore avec nous, car je pourrais faire tremper des petits bouts de galette dans du lait chaud et les donner à manger à Margaret. Elle est encore trop petite pour qu'on puisse lui donner autre chose à manger.

Hannah est une si bonne amie. Elle porte son propre baluchon, et elle prend aussi le mien, quand je dois porter la petite. Il y a des moments où j'ai vraiment l'impression de ne plus pouvoir faire un seul pas et je lui suis très reconnaissante de m'aider de cette façon. Hannah n'agirait jamais comme l'a fait Lizzie Crane !

Le 12 novembre 1783

Il a cessé de pleuvoir, mais nous sommes encore tout trempés. J'ai vu quelque chose d'étrange, ce matin. C'était presque inquiétant. Quand j'ai traversé le petit bois pour aller me laver à la rivière, la brume matinale commençait tout juste à se dissiper. J'ai jeté un coup d'œil de l'autre côté de la rivière et là, j'ai aperçu une colline ou plutôt, une montagne, qui pointait au-dessus du banc de brume. Elle ne ressemblait à rien de ce que j'ai déjà pu voir. Elle s'élevait au beau milieu de la plaine, toute seule, le sommet coiffé d'un nuage et le pied baignant dans une mer de brume. Les pentes étaient toutes boisées, sauf en quelques endroits où il y avait des falaises rocheuses. Aucune autre colline ni montagne à l'horizon. Seulement celle-là. Elle avait l'air si mystérieuse, si lugubre et inquiétante qu'un frisson m'a traversé le dos.

Je ne sais pas trop pourquoi, mais j'ai été incapable d'en parler à qui que ce soit, même pas à Hannah. J'espère que ce n'est pas un mauvais présage.

Le 13 novembre 1783

Papa essaie de nous redonner courage. Il nous assure que nous sommes presque rendus à Sorel. Nous sommes passés devant plusieurs fermes, et les gens sont accueillants. Une femme nous a donné une pleine casserole de lait et un peu de pain frais, aujourd'hui. J'ai avalé ma ration de lait presque d'une seule gorgée et j'ai englouti mon pain en trois énormes bouchées. C'était tellement bon! Elle a même lancé un os à Vagabond, qui l'a remerciée à sa façon en branlant la queue.

« Merci! » lui avons-nous dit, et elle nous a fait son plus beau sourire, en retour.

Grand-maman a pu faire une belle bouillie pour Margaret, mais la petite est si maussade qu'elle n'a pas voulu en manger une seule cuillerée. Maintenant, j'aperçois maman qui essaie de la faire boire, mais Margaret ne fait que pleurer et encore pleurer. Maman a l'air à bout de nerfs. J'aimerais tant pouvoir l'aider. Madame Ross fait tout ce qu'elle peut, mais on dirait qu'il n'y a rien qui puisse arrêter Margaret de pleurer.

Grâce à Dieu, il a cessé de pleuvoir, mais le temps se rafraîchit. Je trouve que l'air commence à sentir la neige. Papa me taquine tout le temps quand je dis ça, mais j'ai eu si souvent raison que parfois, il lui arrive de me demander si je pense que la neige est pour bientôt.

J'espère que, cette fois-ci, je me trompe. Comment allons-nous pouvoir continuer de marcher, si la neige se met à tomber?

Le 14 novembre 1783
À Sorel, sur les bords du Saint-Laurent

Nous sommes arrivés à Sorel à la fin de l'après-midi. C'est un campement militaire installé sur la rive sud du Saint-Laurent. Ce fleuve est le plus gros que j'ai jamais vu. Ses eaux ont l'air calmes et tranquilles, aujourd'hui, mais un puissant courant les anime, sous la surface.

« Et il descend ainsi jusqu'à la mer », a dit papa, qui était à côté de moi à regarder le fleuve, lui aussi.

Il y a tant de monde ici, à Sorel qu'en comparaison, la Pointe aux cheminées était un lieu de paix et de silence! D'un côté, il y a les baraques pour les soldats et, de l'autre, les tentes pour les réfugiés. C'est ainsi qu'on nous appelle : les réfugiés. Les soldats ont été bons avec nous. Ils nous ont donné une tente pour nous abriter, et aussi des couvertures et de quoi manger. Ils ont même donné à papa un peu de tabac qu'il pourra mettre dans sa pipe, après le souper, comme autrefois.

Les Ross ont leur tente juste en face de la nôtre et, ce soir, nous avons soupé tous ensemble. Nous avons fait un grand feu et nous nous sommes régalés de poisson bouilli, de navets et de patates. Nous sommes maintenant au sec et au chaud. La petite Margaret a le ventre tout plein de bon lait chaud et elle est enfin satisfaite. Je me suis amusée avec elle, et maintenant elle essaie d'attraper tout ce qui est à portée de sa main. Et elle s'est mise à faire un drôle de petit rire qui ressemble un peu au cocorico d'un petit coq. Hannah dit qu'elle me ressemble. La pauvre!

Dès que les arrangements seront terminés, nous pourrons nous rendre en bateau jusqu'à un autre campement situé un peu plus en aval et sur l'autre rive, qui a été spécialement installé pour les familles des officiers et des soldats. L'endroit s'appelle Yamachiche, et nous y passerons l'hiver.

« Et ensuite? ai-je demandé à papa.

— Nous ne savons pas encore, petite Mary.

— Ensuite, nous rentrerons chez nous, évidemment, a rétorqué maman, d'un ton sec. Les choses se seront sûrement arrangées, d'ici là. »

Papa l'a regardée sans rien dire. Je ne crois pas que nous retournerons à la maison. Et je ne suis pas sûre que je le voudrais, de toute façon. Je ne pourrai jamais oublier ce qui nous est arrivé.

Le 15 novembre 1783

Papa est parti tôt ce matin pour aller discuter avec l'officier en charge. Oh, le voilà qui revient! Il est encadré de deux soldats.

Je me demande pourquoi il nous ramène ces deux

soldats. Leur uniforme est si usé qu'ils ont l'air de deux épouvantails. L'un d'eux a la même démarche que

Plus tard

Je suis tellement excitée que j'ai du mal à écrire. C'était Angus! Il y a presque deux ans que je ne l'ai pas vu! Il n'a que cinq ans de plus que moi, mais il a l'air tellement plus vieux et si différent qu'il me fait presque peur. N'est-ce pas étrange?

Maman est si heureuse! Quand elle a aperçu Angus, j'ai cru qu'elle allait en perdre connaissance. Elle est devenue toute pâle, elle a cherché son souffle et elle s'est accrochée si fort à son tablier qu'elle l'a déchiré. Puis elle s'est précipitée vers Angus et elle l'a serré dans ses bras si fort qu'elle lui a presque cassé les côtes. Et depuis, elle n'a pas cessé de sourire. Je ne me rappelle plus la dernière fois que je l'ai vue sourire comme ça.

Je me sentais toute gênée quand il est venu vers moi et qu'il m'a ébouriffé les cheveux, comme il le faisait toujours. Avant, je détestais ça et ça me fâchait, mais pas aujourd'hui. J'étais tellement contente de le revoir que j'ai même aimé ça.

« Allô, ma souris! » m'a-t-il dit, comme à son habitude.

Il disait toujours que je ressemblais à une petite souris rousse et je détestais ça aussi, mais aujourd'hui, ça m'a fait chaud au cœur. J'aurais presque pu croire qu'il ne nous avait jamais quittés, sauf qu'il est devenu tout maigre, et qu'il a l'air beaucoup plus vieux et très, très fatigué.

Angus a été capturé par l'ennemi et a été emprisonné dans un camp, d'où il s'est évadé. Mais ça, c'est une très longue histoire, et je la raconterai demain dans mon journal. Nous nous sommes assis autour du feu et nous avons bavardé si longtemps qu'il est maintenant beaucoup trop tard pour commencer.

J'allais oublier de parler du soldat qui était avec lui. Il s'appelle Duncan Morrison. Il a été fait prisonnier avec Angus, et c'est sa mère qui les a aidés à s'évader. C'est tout une histoire! Je vais avoir tellement de plaisir à la mettre par écrit!

Duncan est de nature très calme. Il a à peine dit un mot. Il a laissé à Angus le soin de tout raconter. Il est aussi maigre qu'Angus et il a l'air aussi fatigué, mais il y a quelque chose d'autre : il a le regard triste.

Il a l'air… hanté par quelque chose. C'est le seul mot que je peux trouver pour le décrire.

Les Ross sont tous venus faire la connaissance d'Angus. Hannah, bien sûr, n'a pas cessé de poser des questions pendant tout le temps qu'ils sont restés chez nous. Elle trouve qu'Angus est gâté par la nature. J'ai trouvé ça bizarre. Angus, c'est Angus, mon frère, et je n'ai jamais réfléchi à ce qu'il pouvait avoir de charmant. Mais je crois qu'elle a raison, car j'ai vu la grande sœur d'Hannah, Molly, le regarder du coin de l'œil. Et lui, il faisait la même chose. Pendant une seconde, j'ai cru qu'il allait lui parler, mais juste à ce moment-là, George est tombé dans le feu, et il a causé tout un émoi. Il s'en est tiré sans brûlures, mais ses vêtements étaient noirs de suie, et madame Ross était fâchée contre Molly qui ne l'avait pas bien surveillé. Pas étonnant que Molly soit si souvent fâchée et autoritaire. Ces deux garçons sont de vrais petits diables. Les Ross sont partis peu après cet incident, mais nous, nous sommes restés à parler pendant des heures.

Papa et Angus sont même encore là à bavarder, mais moi, je dois me coucher. Les paupières me tombent de fatigue. Maman est partie mettre Margaret dans sa couchette, et Jamie et grand-maman dorment déjà.

Le 16 novembre 1783

Nous avons eu les offices du dimanche, aujourd'hui, et notre moral s'en porte vraiment mieux. Nous avions plusieurs raisons de remercier Dieu. Et nous avons eu encore d'autres bonnes nouvelles. Allan, l'oncle d'Hannah, est ici! Monsieur Ross l'a rencontré ce matin et, maintenant, toute la famille Ross est en train de célébrer l'événement. Une seule mauvaise nouvelle : quand nous partirons pour Yamachiche, demain matin, Angus et Duncan ne pourront pas venir avec nous. Ils doivent rejoindre leur régiment au Fort Cataraqui, qui se trouve sur le Saint-Laurent, mais très loin en amont d'ici. L'oncle d'Hannah va venir avec nous à Yamachiche pour se joindre aux soldats qui se trouvent stationnés là. Maman était très déçue quand elle a su qu'Angus ne viendrait pas avec nous.

« C'est seulement pour la durée de l'hiver, maman, lui a-t-il expliqué. Nous devons aider à construire un moulin à farine et un moulin à scie, qui doivent être prêts pour l'arrivée des colons au printemps prochain. Sir John Johnson a acheté aux Indiens Mississauga des terres situées le long du fleuve, et c'est là que le gouverneur de la province de Québec, Frederick Haldimand, a prévu de vous établir. Quand vous serez rendus à l'emplacement qui vous aura été assigné, je viendrai vous y rejoindre. »

Le visage de maman s'est alors assombri.

« Au printemps prochain, nous retournerons chez nous, a-t-elle dit. Nous ne nous établirons pas là-bas!

— Fiona… », papa a-t-il commencé à dire.

Puis il s'est arrêté. Angus et lui se sont regardés sans rien dire. Je parie qu'ils ont discuté de ça hier soir, quand nous sommes tous allés nous coucher.

Maman n'a rien dit d'autre. Elle s'est contentée de serrer les lèvres et de prendre le même air entêté que grand-maman quand elle en a après quelqu'un ou quelque chose. Elle m'a enlevé la petite Margaret des bras et elle est retournée dans la tente.

On va avoir un gros, gros problème. Mais je préfère ne pas m'en faire avec ça et je vais plutôt raconter l'évasion d'Angus et de Duncan.

Angus et Duncan faisaient tous deux partie du 2e bataillon des Royal Yorkers et ils avaient été envoyés en éclaireurs du côté de l'ennemi, quand ils ont été faits prisonniers par une patrouille rebelle. Ils ont été envoyés dans une affreuse prison située dans les environs d'Albany, où ils ont été enfermés dans une sinistre cellule, minuscule et sans fenêtre. Angus a dit que c'était dégoûtant. Ils étaient à peine nourris et ils ne recevaient que très peu d'eau à boire. Bon nombre de prisonniers en sont tombés malades, et ils craignaient de le devenir, eux aussi. Angus raconte que, la nuit, ils dormaient sur de vieux chiffons posés directement sur le sol et qu'ils pouvaient sentir les rats leur marcher dessus. Ça m'aurait rendue folle !

« Je ne me serais pas couchée, ai-je dit à Angus, quand j'ai entendu ça. Je serais restée debout, toute la nuit.

— Nous avons été enfermés là-dedans pendant des mois, ma souris, m'a-t-il répondu, en faisant une drôle de grimace. Tôt ou tard, il faut que tu te couches par terre. Au bout d'un certain temps, tu ne te rends même plus compte que les rats te marchent dessus. Et tu remercies le ciel qu'ils ne t'aient pas encore mordu.

— Oh, Angus ! » a crié maman en entendant ça.

Je ne peux pas imaginer ce qu'il a dû endurer.

Oublions ça. La ferme de la famille de Duncan se trouve non loin de là et, un beau jour, la mère de Duncan est arrivée à la prison pour lui rendre visite. Je ne sais pas comment elle avait appris qu'il était là, mais elle le savait. Elle les a regardés tous les deux et leur a dit qu'elle allait trouver un moyen de les sortir de là. (Elle m'a l'air de ressembler pas mal à grand-maman.)

Voici comment elle s'y est prise. Elle a commencé par leur apporter de la nourriture et de quoi se coucher convenablement, et à laver les draps quand c'était nécessaire. Les gardiens se sont habitués à ses allées et venues, parce que bien d'autres femmes faisaient la même chose tous les jours.

Puis, un jour, madame Morrisson n'a pas rapporté leurs draps. À la place, quand elle a défait son paquet, ils ont trouvé deux robes et deux châles.

« Dépêchez-vous, avant que les gardiens ne vous découvrent, a-t-elle dit à Angus et à Duncan. Enfilez ces robes par-dessus vos uniformes et couvrez-vous la tête avec les châles. Puis suivez-moi vers la sortie, et gardez la tête bien baissée. »

« Duncan et moi, nous étions sûrs que ça ne marcherait pas. Mais nous voici! » a dit Angus.

J'ai tourné la tête vers Duncan pour lui poser une question à propos de sa mère, mais l'expression que j'ai vue sur son visage m'a arrêtée net. Je me serais attendue à le voir aussi excité qu'Angus, à réentendre cette histoire – et même fier de sa mère – mais pas du tout. Il s'est levé brusquement pour s'en aller mais, après quelques pas, il s'est arrêté sans se retourner vers nous. Angus l'a regardé d'un air inquiet, puis il a continué son récit, mais avec beaucoup moins d'entrain.

Il se cache un mystère là-dessous, c'est certain.

Mais je continue.

Ils ont attendu jusqu'à ce qu'un grand nombre de femmes soient prêtes à repartir, et ils se sont mêlés à elles pour franchir la porte. Les gardiens n'y ont vu que du feu.

Après leur évasion, Duncan et Angus ont décidé de partir vers le nord, au Canada. Ils avaient entendu dire que les soldats de leur régiment et leurs familles devaient se regrouper à Sorel. Ils sont donc venus ici le plus vite possible et ils sont finalement arrivés il y a seulement deux jours. Angus a dit qu'il espérait nous retrouver ici, mais sans trop y croire.

Papa a serré Angus dans ses bras, et maman a recommencé à s'agiter autour de lui, puis elle lui a apporté une tasse de thé.

« Il faut te refaire des forces », lui a-t-elle dit.

Même grand-maman était aux petits oignons avec lui et lui a mis un châle autour des épaules pour le protéger de l'air frais de la nuit.

Je crois que je suis la seule à avoir vu Duncan disparaître dans l'ombre.

Ce doit être tellement dur pour lui, de nous voir tous si heureux, tandis que lui, il a laissé sa famille à Albany. Mais j'ai l'impression qu'il y a quelque chose d'autre qui le tracasse.

Le 18 novembre 1783
À Yamachiche

Aujourd'hui, nous avons pris le bateau, pour traverser le Saint-Laurent. Angus ne nous a pas accompagnés, bien sûr, car il doit bientôt se rendre au Fort Cataraqui.

Il doit y aller avant que le fleuve ne se mette à geler. Maman était terriblement malheureuse d'avoir à se séparer de lui encore une fois, mais il nous a rassurés en nous promettant que nous allons le revoir au printemps, quand les glaces seront parties.

Il y avait juste assez de vent pour naviguer à la voile, mais pas assez pour que de grosses vagues se forment. Et comme nous descendions dans le sens du courant, nous allions incroyablement vite. C'était très agréable, sauf que j'étais vraiment impatiente de voir ce qui nous attendait, sur l'autre rive.

Le fleuve Saint-Laurent est aussi large ici, à Yamachiche, que le lac Champlain dans sa partie la plus large. Sans le courant, on se croirait sur un lac.

Papa vient de passer à côté de moi et m'a dit que cette partie du fleuve est en fait considérée comme un lac. On l'appelle le lac Saint-Pierre.

Yamachiche est envahi par une foule de gens comme nous, des Loyalistes qui se sont enfuis des colonies. Certains sont ici depuis des mois, parfois même quelques années. Les soldats ont construit pour nous de petites maisons en bois rond formant une véritable petite ville. En fait, ce ne sont que des cabanes, toutes tassées les unes contre les autres, avec des rues qui ne sont que des sentiers pleins de boue zigzaguant entre les bâtisses. Il y a des chiens en liberté, qui courent partout. Jamie garde Vagabond avec lui, un bout de corde en guise de laisse, pour se défendre contre certains de ces chiens à l'air méchant, qui grognent agressivement quand on s'approche trop près d'eux. Nous sommes entassés les uns sur les autres, et c'est sale. Mais c'est tout de même mieux que de dormir dans les bois, à la belle étoile. Surtout depuis qu'il s'est mis à faire froid. Il y a une école, ici, et je vais pouvoir y aller.

Encore une bonne nouvelle : la cabane qui nous a été assignée se trouve tout près de celle de la famille Ross.

Le 19 novembre 1783

Nous sommes installés. La cabane est tellement petite! Quand je pense à notre belle maison d'Albany… Mais il ne faut pas que j'y pense. Nous nous débrouillons, et c'est tout ce qui compte. Il n'y a qu'une seule pièce. Maman et papa ont tendu une vieille couverture pour séparer l'espace en deux parties. Ils dormiront derrière ce rideau avec la petite Margaret. Grand-maman a installé sa couchette devant le foyer. Jamie et moi, nous allons dormir dans une espèce de grenier. On y monte par une échelle qui passe par un trou, dans le plafond. J'aime cet endroit, car c'est très confortable. Mais Jamie rouspète parce qu'il ne peut pas montrer à Vagabond à monter l'échelle.

Moi, ça fait plutôt mon affaire.

Les cabinets sont horribles. Ils sont dehors, et nous les partageons avec quatre ou cinq autres familles. Mais assez dit là-dessus.

Maman et papa ont une couette que nous avons apportée avec nous, mais grand-maman, Jamie et moi, nous nous débrouillons avec des couvertures que les soldats nous ont données et que nous étendons sur des branches de sapin. Grand-maman a sa couverture à elle, mais Jamie et moi, nous devons partager la nôtre. Une couverture pour deux enfants, c'est le règlement. Heureusement, nous avons les courtepointes que nous avons réussi à apporter jusqu'ici. Papa a dit qu'il arrangerait d'abord le lit de grand-maman. Elle a reniflé en l'entendant, et lui a répondu qu'il y avait bien d'autres choses plus importantes à faire et que ses os n'étaient pas si vieux que ça. Mais je pense qu'elle va être contente quand même qu'il le fasse.

Je dois m'arrêter. La petite Margaret pleurniche encore. Elle a attrapé un rhume, et elle a le nez tellement bouché qu'elle a du mal à respirer. Elle est maussade et elle refuse de boire au sein ou de manger le pain trempé dans du lait chaud que maman lui a préparé. Maman et grand-maman n'en ont rien dit, mais elles ont l'air inquiètes quand elles s'occupent d'elle.

Le 22 novembre 1783

J'avais trop de choses à faire pour prendre le temps d'écrire, ces derniers jours. Et je suis trop fatiguée. On nous a remis une marmite, une théière, un poêlon et un chaudron de fer pour faire la cuisine. Et aussi une petite provision de porc salé (comme j'en ai assez de manger du porc salé!), de la farine, du blé d'Inde moulu et de l'avoine. Des gens qui sont arrivés avant nous ont reçu du sucre provenant de Montréal, mais il n'en reste plus un grain. Il y a du sirop d'érable, cependant. Et du sel. Nous en avons un petit baril plein. Nous avons également reçu quelques meubles : une table et deux bancs. Grand-maman réclame un rouet, mais papa dit que nous devons attendre d'être installés de manière plus définitive. Il s'est arrangé pour que maman ne l'entende pas, car elle ne veut pas entendre dire que nous ne retournerons pas dans la province de New York, au printemps prochain. (Je devrais plutôt dire l'État de New York, maintenant que les États-Unis d'Amérique ont été constitués.) De toute façon, il n'y a pas de laine à filer pour grand-maman.

Le porc salé a un drôle de goût. Je crois qu'il n'est plus bon. Papa est parti à la chasse.

Les voisins nous ont beaucoup aidés. Ils nous ont apporté de la galette, du pain et de l'avoine pour faire du gruau. Ce matin, madame Livingstone, dont la famille habite à quelques maisons de la nôtre, nous a apporté une terrine à levure pour que nous puissions faire notre pain nous-mêmes. Ce n'est pas exactement la recette que nous avions à la maison. Dans ce cas-ci, on mélange du sel et du sucre dans des patates pilées avec de l'eau. On met le tout dans un endroit où il fait chaud, et ça se met à faire des bulles. C'est ce qui permet de faire lever le pain. Chaque fois que nous prenons une tasse de cette mixture, il faut ensuite lui rajouter de la farine et du mélange de patates. Sans cela, le pain sera dur comme du roc. Je suis bien placée pour le savoir : nous mangeons du pain dur comme du roc depuis que nous sommes arrivés ici.

Margaret ne va toujours pas mieux.

Le 23 novembre 1783

Il y a un pasteur presbytérien ici. Il s'appelle monsieur Murchison. Il a célébré les offices pour nous, aujourd'hui, chez lui. Ça nous a fait du bien, mais il faisait froid. La neige est finalement arrivée, et le vent souffle fort.

J'ai d'abord été déçue que notre petite maison n'ait aucune fenêtre, mais maintenant, j'en suis très contente. Sinon il ferait encore plus froid. On gèle, dans mon grenier. Maman met des pierres dans le foyer, puis Jamie et moi, nous en prenons chacun une, nous l'enveloppons dans un vieux chiffon et nous la mettons dans notre couchette. Mais le lendemain matin, elles sont redevenues toutes froides. Je souhaiterais presque que le chien parvienne à la monter, cette échelle. Ça ferait un corps chaud de plus, ici.

Le 24 novembre 1783

Papa a abattu un chevreuil, aujourd'hui. Lui et monsieur Ross – il nous a dit de l'appeler oncle Andrew, et d'appeler madame Ross, tante Norah – l'ont tout dépecé. Nous allons nous régaler, ce soir, et il fait maintenant assez froid dehors pour pouvoir y conserver le reste, en prenant soin de le suspendre assez haut pour que ce soit hors de portée de Vagabond et, aussi, des animaux sauvages qui pourraient s'aventurer jusqu'ici.

Le 25 novembre 1783

Jamie et moi, nous irons à l'école bientôt. Malheureusement pour papa, ils ont déjà un maître d'école ici, à Yamachiche. Il s'appelle monsieur Mitchell. Je crois que papa est très déçu.

La petite Margaret n'est plus maussade du tout. Elle passe toute la journée sans bouger, dans les bras de maman. Et elle respire très difficilement. Grand-maman lui a préparé un cataplasme qu'elle lui a mis sur la poitrine, mais sa respiration ne s'est pas améliorée. Je suis très inquiète. Je voudrais tellement pouvoir faire quelque chose pour aider Margaret.

Le 26 novembre 1783

Je ne peux pas supporter d'écrire ce qui suit.

La petite Margaret est morte!

Quand je suis descendue de mon grenier, ce matin, je me suis tout de suite rendu compte que quelque chose de terrible était arrivé. Maman était assise à la table, la tête enfouie dans ses bras et secouée de sanglots. Grand-maman tenait Margaret dans ses bras, mais la petite était tout emmaillotée, avec juste un petit coin de son visage qui dépassait, et on n'entendait plus le son de sa respiration. Grand-maman n'essayait ni de la soulager ni de la bercer. Elle restait là, juste à la tenir dans ses bras. Puis j'ai entendu des coups de marteau, derrière la cabane. (J'ai compris, plus tard, que c'était papa, qui était en train de fabriquer un petit cercueil.)

Jamie s'est précipité du grenier et a appelé Vagabond. Je l'ai attrapé et je l'ai emmené dehors. J'ai rencontré Hannah et je lui ai raconté ce qui était arrivé. Puis oncle Andrew et tante Norah sont arrivés chez nous à toute vitesse. Et des gens sont venus comme ça, toute la journée. Même des gens que nous n'avions jamais rencontrés. Monsieur Murchison s'est assis un bon moment auprès de maman, puis il a prié avec nous. Jamie est resté recroquevillé dans un coin, tout pâle et immobile. Plusieurs mères ont essayé de le consoler, mais il les a toutes repoussées. En d'autres circonstances, grand-maman l'aurait grondé sévèrement pour son impolitesse, mais là, elle se contentait de lui tapoter l'épaule chaque fois qu'elle passait près de lui. Maintenant, il est roulé en boule à côté de moi, dans notre couchette, et il pousse de petits gémissements de détresse, dans son sommeil. Il y a eu d'abord William, et maintenant Margaret.

Grand-maman a pris toute la maisonnée en charge et s'est assurée que chaque visiteur était convenablement accueilli à son arrivée et remercié à son départ. Puis, quand tout le monde a été parti, elle nous a fait un souper froid. Maman a refusé de manger. Elle s'est retirée dans sa chambre, et je ne l'ai plus revue depuis. Papa avait les yeux tout rouges, lui aussi, au souper.

Nous allons enterrer Margaret demain, dans le petit cimetière presbytérien.

La pauvre petite! Elle commençait tout juste à ressembler à un être humain. Je ne peux pas m'arrêter de penser à la façon qu'elle avait de gazouiller et de sourire quand elle me voyait…

Je suis obligée d'arrêter d'écrire. Mes larmes mouillent la page et barbouillent tout mon texte.

Le 1er décembre 1783

Depuis une semaine, j'étais vraiment trop triste pour écrire dans mon journal. Maman se déplace comme un fantôme, dans la maison. Grand-maman s'occupe de presque tout.

Nous avons commencé à aller à l'école. J'avais tellement hâte que ce moment arrive, mais toute ma joie s'est envolée avec la mort de la petite Margaret. Je vais écrire à ce sujet, un peu plus tard, au cas où ça m'aiderait à me sentir un peu mieux.

Hannah et moi, nous sommes parties ensemble pour l'école, le premier jour. L'école n'est qu'une autre cabane, située à l'autre bout de l'établissement. Il n'y a qu'une seule pièce. De longues tables nous servent de pupitres, et nous sommes assis sur des bancs. Il y a très peu de livres, seulement ceux que monsieur Mitchell a emportés avec lui. On nous a fourni quelques ardoises, et nous les utilisons à tour de rôle. Monsieur Mitchell nous a mises en charge, Hannah et moi, de montrer les lettres de l'alphabet aux plus petits. Il y a encore deux autres filles de notre âge. Elles s'appellent Annie Stanton et Flossie Hoople. Elles ont l'air gentilles.

La plupart des autres enfants sont des garçons. Papa a décidé que j'allais emmener Jamie à l'école, même s'il est encore trop jeune, et George et Hugh y vont aussi. George a un an de plus que Jamie, et Hugh, encore une autre année de plus. Je croyais qu'ils allaient être terriblement turbulents, mais le maître, monsieur Mitchell, est très efficace pour faire respecter la discipline. Peut-être même un peu trop. Papa aussi était efficace, mais il n'était jamais dur. Je trouve que monsieur Mitchell est méchant. Déjà, il a corrigé deux garçons en leur donnant des coups de ceinture de cuir, juste parce qu'ils débordaient d'énergie, comme aurait dit papa, ce qui est tout à fait normal pour leur âge.

Il y a environ vingt enfants, au total. Jamie, George et Hugh sont les plus jeunes. La plupart des autres ont mon âge. Quelques autres sont un peu plus vieux, et ce sont tous des garçons. Les plus grandes, comme Molly, se croient obligées de rester chez elles pour aider leur mère. Ce sont peut-être leurs parents qui les y obligent. J'ai beaucoup de chance d'avoir des parents comme les miens, qui m'ont dit que je pouvais aller à l'école aussi longtemps que je le voudrais. Hannah m'a dit que ses parents lui avaient dit la même chose. Évidemment, après avoir quitté Yamachiche, nous ne savons pas quand nous pourrons retourner à l'école.

J'ai parlé à papa à propos de monsieur Mitchell qui

a frappé les garçons. Papa semblait le désapprouver, mais il a juste dit que parfois, c'était nécessaire.

« Les garçons aiment beaucoup tenir tête à leur maître d'école, m'a-t-il dit. Il est donc important de leur faire comprendre clairement qu'aucune forme d'indiscipline n'est tolérée. »

Mais je crois quand même qu'il ne l'approuve pas. Ça doit être très dur pour lui, de voir ainsi quelqu'un d'autre faire le travail qu'il faisait autrefois.

Il y a une chose que je trouve difficile à accepter. Je suis habituée à être la meilleure élève de mon groupe d'âge. Aucune fille n'a jamais réussi à lire, ni à épeler, ni à calculer mieux que moi, mais voilà qu'Hannah est aussi bonne que moi. Même si ça me coûte de le dire, je dois admettre qu'elle est arrivée à me surpasser en épellation! Je n'ai pas aimé ça du tout, aujourd'hui, quand elle a remporté le concours d'épellation. Mais je l'aime tellement que je vais m'y faire.

Margaret me manque terriblement. J'ai souvent l'impression de l'entendre pleurer et je me mets alors à la chercher des yeux. Je me rappelle avoir fait la même chose pendant très longtemps, après la mort de William. Je m'attendais toujours à le voir entrer par la porte de la maison. Parfois, quand j'étais absorbée dans mes pensées, je mettais automatiquement une place pour lui, à table, avant de me rendre compte de ce que je venais de faire.

Je me sens tout aussi désemparée, en ce moment.

Le 3 décembre 1783

Nous continuons d'aller à l'école. Je crois qu'Alex Calder a un petit penchant pour Hannah. Il reste assis à la dévorer des yeux, l'air complètement dans la lune. Ce matin, il n'a même pas entendu monsieur Mitchell qui lui posait une question.

J'ai taquiné Hannah à ce sujet quand nous avons dîné ensemble, mais elle s'est mise à rougir et m'a dit d'arrêter de l'énerver. Je crois que je ne la taquinerai plus comme ça.

Je ne peux pas imaginer qu'un jour, un garçon aura un penchant pour moi.

Le 5 décembre 1783

C'est tellement bizarre, de ne rien avoir à faire pour se préparer à l'arrivée de l'hiver. D'habitude, à cette époque de l'année, nous aurions terminé les récoltes et nous serions occupés à rentrer dans le caveau à légumes nos réserves de patates et d'autres racines comestibles, à faire sécher les pommes et à préparer des barils de porc salé. Nous avions l'habitude de tuer un cochon et nous en utilisions tous les morceaux, sauf son cri, comme disait toujours grand-maman. Je détestais aider maman à faire bouillir la graisse pour en faire ensuite du saindoux et du savon. Ça sentait tellement mauvais! Je crois que c'était quand même moins désagréable à faire que ce qu'Angus et William avaient comme tâche. Ils devaient arracher les soies du cochon mort pour que papa puisse ensuite aller les vendre au magasin général contre un peu d'argent. C'était vraiment dégoûtant! Toute l'opération était très salissante, mais, quand les jambons étaient suspendus dans la cheminée du foyer, ça valait la peine. Je n'ai jamais raffolé du porc salé – et j'aime de moins en moins ça – mais j'adore le jambon fumé. Cette année, nous devrons nous débrouiller avec les rations que nous recevons des soldats et avec ce que papa attrape à la chasse.

Papa n'a pas l'habitude de passer ses journées à la maison en cette période de l'année, et ça semble le rendre très malheureux. Mais il dit que la chasse et la pêche le tiennent occupé. Les gens d'ici pêchent même en hiver. Papa dit qu'ils découpent des trous dans la glace.

Nous avons un baril de porc salé devant notre porte, mais pas un seul jambon. Pas de guirlandes de pommes séchées suspendues au-dessus de l'âtre, non plus. Nous avons des patates et des navets, mais pas de caveau à légumes pour les conserver. Papa est en train de creuser un trou à côté de notre cabane, et il faudra bien que ça suffise. Il a bâti une sorte de remise, à cet endroit. Grand-maman a installé son brin de lilas tout abîmé dans la maison, pour qu'il y passe l'hiver. Elle l'a mis dans un coin, bien enveloppé dans une grosse toile. Il a l'air complètement mort, mais grand-maman n'abandonne jamais la partie.

Nous avons très peu de vêtements, et aucun moyen de nous en fabriquer d'autres. Nous allons devoir nous débrouiller avec ceux que nous avons déjà sur le dos. Le gouverneur Haldimand avait promis aux colons qu'il leur fournirait des rouleaux de tissu et des couvertures provenant des magasins du Roi, mais je crois que les stocks ont déjà été presque entièrement distribués à ceux qui sont arrivés avant nous. Et il n'y a pas de bottier, ici, pour nous fabriquer de nouvelles bottes quand celles que nous portons ne seront plus bonnes à rien. Certains colons ont appris des Indiens à fabriquer des mocassins – nous devrions peut-être faire la même chose. Nous pourrions utiliser les peaux de chevreuils que papa rapporte de la chasse, à condition de les faire tanner.

Ce sera un hiver long et difficile. Et tellement triste aussi, sans William, ni Angus, ni Margaret. Nous sommes devenus une toute petite famille, maintenant. Pas étonnant que maman soit si triste.

Le 6 décembre 1783

Monsieur Mitchell m'a donné une bouteille d'encre, hier. J'étais désespérée parce qu'il ne m'en restait presque plus, mais quand j'ai pris mon courage à deux mains, que je suis allée lui demander si je pouvais apporter un petit peu d'encre à la maison et que je lui ai expliqué pourquoi, il m'en a donné une bouteille! Il était très impressionné d'apprendre que j'écrivais mon journal. Pendant une seconde, j'ai eu l'horrible pressentiment qu'il allait demander à le lire, mais il ne l'a pas fait, Dieu merci!

Peut-être est-il moins méchant que je ne le pensais, au début.

Le 7 décembre 1783

Hannah est venue ici, à l'aurore, pour avoir une pelletée de braises. Leur feu s'est éteint pendant la nuit, mais ils ne savent pas pourquoi. Papa prend grand soin du nôtre. Tous les soirs, il rassemble les braises et les recouvre de cendre. Jamie est très fier, car papa lui a demandé de réduire, chaque soir, un morceau de bois en copeaux, qui servent à rallumer le feu le lendemain matin. Papa lui a donné son propre couteau pour le faire, et Jamie y tient comme à la prunelle de ses yeux. Après Vagabond, bien entendu, qui ronfle justement devant le feu, au moment où j'écris ces lignes.

Le 8 décembre 1783

Nous avons reçu un message d'Angus, qui nous fait savoir que Duncan et lui sont arrivés sains et saufs au Fort Cataraqui et qu'ils sont occupés, avec le reste de leur bataillon, à construire un moulin à scie. Nous n'aurons probablement plus d'autres nouvelles d'eux jusqu'au printemps prochain, mais je crois que ce message a aidé maman à reprendre espoir un peu. Elle est encore très déprimée, et ça rend grand-maman deux fois plus autoritaire que d'habitude, comme pour compenser.

C'est étrange comme je peux passer plusieurs jours à

me sentir presque bien puis, un jour par hasard, me réveiller malheureuse et pleine de nostalgie en pensant à notre ancienne maison. La petite Margaret me manque aussi, avec ses petites finesses d'enfant qui me reviennent continuellement à la mémoire. C'est tellement injuste, que sa vie ait été si courte.

Comme j'aimerais que les choses reviennent comme avant. Je me demande si, un jour, je réussirai à être heureuse, ici.

Le 9 décembre 1783

Aujourd'hui, la cabane d'une famille nommée Roberts a pris feu! Nous venions tout juste de commencer nos leçons du matin, à l'école, quand nous avons entendu les cloches sonner à toute volée et des gens crier de partout. Bien entendu, nous nous sommes tous précipités dehors pour aller voir ce qui se passait. Un nuage de fumée s'élevait à l'extrémité nord de l'établissement. Hannah et moi, nous sommes parties voir de plus près ce qui se passait. En approchant, nous avons vu des flammes qui s'élevaient du toit d'une cabane. Il y avait tellement de fumée que nous avions du mal à respirer. Et pour ne rien arranger, il faisait un vent à écorner les bœufs. Les hommes couraient vers l'incendie pour l'arroser avec des seaux d'eau, et les femmes, pour l'étouffer avec des courtepointes. Elles trempaient d'abord les courtepointes dans l'eau, puis les lançaient sur le toit de la maison en feu et aussi sur ceux des maisons voisines. Au début, ça ne semblait pas servir à grand-chose mais, peu à peu, l'incendie s'est calmé, et les maisons voisines ont été épargnées. Puis il s'est mis à neiger, ce qui a encore aidé. La cabane a été sauvée, mais il faudra lui construire un nouveau toit. La courtepointe de madame Livingstone a complètement brûlé. Grand-maman avait apporté une des siennes mais, avec le temps qu'il lui a fallu pour marcher jusqu'à l'incendie, tout était terminé. Tant mieux, parce que c'était la courtepointe de mon lit! Bien sûr, je me serais sacrifiée, s'il l'avait fallu, mais je suis soulagée de ne pas avoir eu à le faire. Les nuits sont glaciales, ici.

Papa dit que l'incendie a probablement été causé par des flammèches qui sont montées dans la cheminée de bois. C'est pour cette raison qu'il n'utilise jamais de bûches de conifères chez nous. C'est trop résineux et ça encrasse la cheminée. Pourtant, j'ai déjà vu des flammèches sortir de notre cheminée quand je suis allée aux cabinets, avant d'aller me coucher. J'espère que notre toit ne prendra pas feu!

Je suis bien calée au chaud, dans ma courtepointe, avec un petit bout de bougie pour m'éclairer. Maman m'a dit de ne pas la laisser allumée trop longtemps. Il ne faut pas gaspiller les bougies. Je crois que je dois l'éteindre, maintenant.

Le 10 décembre 1783

Les femmes se sont donné le mot pour rassembler tout ce qu'elles pouvaient trouver de vieux bouts de chiffons à donner à madame Livingstone pour qu'elle puisse en faire une nouvelle courtepointe. Sa fille, Janet, m'a demandé ce matin, à l'école, si nous pouvions leur en donner. J'ai demandé à maman, quand nous sommes revenus à la maison pour le dîner, mais elle a secoué la tête.

« Nos propres vêtements sont en guenille. Qu'est-ce qu'on pourrait leur donner ? » m'a-t-elle répondu.

Je me suis sentie à la fois triste et honteuse. Je me demandais comment j'allais faire pour retourner à l'école et faire face à Janet. Puis, juste quand je partais, maman m'a mis quelque chose entre les mains.

« Tiens, donne ça à Janet ! » m'a-t-elle dit en repartant aussitôt dans sa chambre sans me laisser le temps de répondre.

J'ai pris une seconde pour regarder ce qu'elle m'avait mis dans les mains, et j'ai vu que c'était la vieille couverture de la petite Margaret.

J'ai pleuré tout le long du chemin en me rendant à l'école. Mais j'ai réussi à arrêter, quelques minutes avant d'arriver. Je ne voulais pas que quelqu'un me voie. Hannah s'en est rendu compte, évidemment, car nous marchons toujours ensemble. Mais ça ne me dérangeait pas. Hannah et moi, nous n'avons pas de secrets l'une pour l'autre.

Le 11 décembre 1783

Janet m'a dit qu'elle-même, sa mère et sa grande sœur Betsy ont commencé à assembler les pièces de tissu pour faire le dessus d'une courtepointe, et elles nous remercient de leur avoir donné tout ce tissu. Janet a dit aussi que sa mère a promis d'organiser une corvée de piquage de courtepointe, au printemps, quand tout le reste du travail de montage sera terminé. Je dois pratiquer mes points de couture cet hiver, si je veux qu'on me laisse y participer. Je suis bonne couturière, même si grand-maman est toujours derrière moi à critiquer ce que je fais.

À bien y penser, c'est probablement parce que grand-maman est toujours là, à me harceler, que je suis devenue si habile. Je ne devrais donc pas lui en vouloir.

Je sens qu'il y a de la neige dans l'air.

Le 12 décembre 1783

Mon nez ne m'avait pas trompée. Il a neigé toute la nuit, et ça continue ce matin. Je me suis gelé les pieds en me rendant à l'école. J'envie ceux qui ont de bons mocassins indiens pour l'hiver.

Le 13 décembre 1783

Il neige toujours!

Le 14 décembre 1783

La neige s'est arrêtée de tomber, et je voudrais tellement aller jouer dehors, mais c'est dimanche. Un office le matin, à l'église, et un office le soir, encore à l'église. Et monsieur Murchison fait vraiment de très longs sermons. Entre-temps, nous sommes censés rester assis bien tranquilles, sans même jouer. Grand-maman ne nous laisse rien faire, le dimanche!

J'écris ces lignes dans mon lit car, au grenier, elle ne peut pas me voir. Je suppose que ce n'est pas bien de ma part, mais je suis incapable de rester à rien faire.

Je me sens comme si j'avais des fourmis dans les jambes. Je voudrais tant aller courir!

Le 15 décembre 1783

Aujourd'hui, nous avons fait une bataille de boules de neige à l'école, les filles contre les garçons. Nous avons eu tellement de plaisir! Les garçons sont plus forts, mais je crois que les filles sont plus rusées. Alex Calder a lancé une énorme boule de neige directement sur Hannah. Je lui ai dit que ça prouvait qu'il avait un penchant pour elle. Alors, elle m'a lancé une boule à son tour, et je me suis retrouvée la nuque toute pleine de neige. Elle dit que tous les garçons sont des idiots et qu'elle ne veut rien savoir d'eux, et surtout pas d'Alex Calder. Je ne la crois pas, mais j'ai l'impression qu'il vaut mieux ne plus lui en parler. Elle pourrait sortir ses griffes!

C'est justement pour ça que je ne la crois pas.

Ma seule et unique robe, et mon manteau étaient tout trempés quand je suis revenue à la maison et, évidemment, grand-maman n'était pas contente. Elle dit que je suis un vrai petit diable. C'est impossible, puisque je vais à l'église tous les dimanches!

Mes vêtements sont maintenant étendus à sécher sur la table et les bancs, et la chaleur du feu en fait sortir de la vapeur. La cabane est remplie de l'odeur de la laine mouillée qui chauffe. Je suis assise près du feu, en robe de nuit et bien enveloppée dans ma courtepointe. Et je me sens bien, toute pleine de bonne chaleur.

Je dois maintenant laisser mon écriture pour aller pratiquer ma couture.

Je crois que les filles ont remporté la bataille de boules de neige, mais les garçons ne l'avoueront jamais.

Le 16 décembre 1783

C'est mon anniversaire aujourd'hui. J'ai treize ans. Si nous étions encore à Albany, je célébrerais l'événement avec Lizzie Crane et mes autres amies de l'école. Et j'aurais probablement reçu des cadeaux. Pas de cadeaux, ici. Je pense même que maman m'a oubliée. Je ne l'ai dit à personne à l'école, sauf à Hannah. Elle m'a serrée dans ses bras. C'est un très beau cadeau, dans les circonstances.

Plus tard

Papa est revenu avec quatre écureuils, et maman est en train d'en faire un ragoût pour notre souper.

« Menu spécial pour l'anniversaire de notre Mary! » a déclaré papa en entrant.

Ils ne m'ont donc pas oubliée.

Le ragoût mijote doucement, et ça commence à sentir vraiment bon!

Encore un peu plus tard

Le ragoût était délicieux. Tellement meilleur que le vieux porc salé tout moisi! Et j'ai eu des cadeaux! Après le souper, papa m'a offert une poupée qu'il avait taillée lui-même au couteau, dans du bois. Je suis trop grande pour jouer à la poupée, mais je ne le lui ai pas dit. Jamie m'a offert une pomme que madame Leake lui a donnée la semaine dernière. Il l'avait gardée bien cachée, pour que je ne la voie pas, le petit coquin! Il s'est excusé parce qu'elle était un peu vieille et ratatinée, mais je lui ai répondu que ce n'était pas grave. Après le souper, je l'ai coupée en cinq parts égales, et nous l'avons mangée. J'ai gardé les pépins, et je les planterai quand nous serons installés pour de bon. Nous avions des pommiers, derrière la maison à Albany, et je suppose que là-bas, nous devrons en planter, si nous voulons finir par en avoir.

Maman n'avait pas de petits fruits séchés pour faire un vrai gâteau. À la place, elle nous a préparé un gâteau grossier, appelé Lumpy Dick, qu'elle a servi avec du sirop d'érable. Finalement, c'était un vrai festin!

Et puis, juste au moment où j'allais grimper mon échelle pour aller me coucher, grand-maman m'a retenue.

« Tiens, ma petite », m'a-t-elle dit en me tendant un petit carré de toile fine, tout orné de broderies.

C'était un de ses jolis mouchoirs qu'elle avait brodés elle-même pour son trousseau de mariage. Il y avait ses initiales : « M.M. », pour Mairi MacDonald – le même nom que moi, sauf que j'écris le mien avec l'orthographe anglaise et que le sien est écrit à la façon écossaise. Pour une fois, elle souriait et son visage était plein de douceur. En la regardant à la lueur du feu, je me suis dit qu'elle devait être très jolie quand elle était jeune.

Finalement, j'ai eu un très beau jour d'anniversaire.

Le 19 décembre 1783

Papa a rapporté la dernière nouvelle à la maison : les Anglais ont maintenant complètement évacué New York, et les derniers Loyalistes ont quitté les États-Unis. Le général Washington et le gouverneur Clinton sont entrés triomphalement dans la ville, à dos de cheval. Je crois vraiment que nous ne retournerons jamais chez nous, même si c'est le plus cher désir de maman. De toute façon, je ne le veux même pas. Pourquoi retournerions-nous vivre parmi ces gens, après la façon dont ils nous ont traités? Lizzie Crane ne

ferait certainement plus partie de mes amies. Hannah
est bien mieux. J'espère vraiment que nos familles
s'établiront tout près l'une de l'autre.

Le 20 décembre 1783

Il y a de la frénésie dans l'air, car Noël approche. Les
Écossais ne célèbrent pas de la même façon que les
autres, mais c'est tout aussi excitant. À Albany, les
Anglais ont pour coutume d'apporter une énorme bûche
– la bûche de Noël, justement – qu'ils font brûler pendant ce qu'on appelle les douze jours de Noël. Les
Irlandais, eux, allument des bougies, qu'ils placent à
leurs fenêtres, en signe de bienvenue à Marie et Joseph.
Mais les Allemands ont la plus belle coutume, à mon
avis. Ils installent un sapin fraîchement abattu dans un
coin de la maison et ils le décorent avec des bougies! Les
Rickle faisaient un arbre gigantesque, et nous, les
enfants, étions invités à venir les voir allumer les bougies, la veille de Noël. C'était tellement beau que j'en
avais le souffle coupé. Ils ne pouvaient pas les laisser
allumées très longtemps à cause du risque d'incendie,
mais c'était joli, le temps que ça durait.

Les Écossais vont à l'église le jour de Noël, mais ils
font la fête seulement la veille du Nouvel An, lorsqu'ils
célèbrent Hogmanay. Mais cette année, nous
célébrerons aussi Noël, car madame Livingstone va
nous inviter pour un grand repas des Fêtes.

Papa a eu beaucoup de mal à convaincre grand-maman d'y aller. Elle est très accrochée aux vieilles traditions et elle s'oppose à toute forme de célébration de Noël.

« C'est une coutume papiste! a-t-elle dit, d'un ton de mépris, quand elle a reçu l'invitation. Jamais on ne me prendra à y participer! »

Mais papa a persévéré. Il est aussi entêté que grand-maman, mais à sa façon à lui.

« C'est un pays nouveau avec ses propres coutumes, maman », lui a-t-il répondu.

Et il ne l'a pas lâchée, jusqu'à ce que, à ma grande surprise, il arrive finalement à la convaincre.

Grand-maman serait-elle en train de s'adoucir?

Mais il y a une chose sur laquelle grand-maman ne cédera jamais, c'est de commencer la nouvelle année avec une maison toute propre. Elle et maman sont en train de la nettoyer, dans tous ses recoins, et il vaut mieux ne pas se trouver dans leurs jambes si on tient à la vie.

Le 25 décembre 1783

Quelle journée! Je suis maintenant assise dans mon lit, la tête remplie de bonnes odeurs et de beaux souvenirs. Mais le cœur un peu triste, aussi.

Madame Livingstone nous a offert un superbe repas de Noël. Ils sont ici depuis près de trois ans. Ils ont donc eu le temps de bien s'organiser et ils ont même des poules et quelques oies. Madame Livingstone avait engraissé une de ses oies en prévision de Noël, et elle l'a fait rôtir pour le souper. Je ne trouve pas de mot pour décrire comme c'était bon. Quand madame Livingstone nous a accueillis à sa porte, je me suis sentie complètement enveloppée par l'odeur de l'oie qui cuisait. Je restais sur le seuil, sans bouger, à me remplir le nez de la bonne odeur, quand grand-maman m'a poussée dans le dos pour que j'entre dans la maison.

« Qu'est-ce qui t'arrive? Entre vite avant de refroidir toute la maison », m'a-t-elle dit.

Madame Livingstone avait même pu garder quelques raisins secs de côté pour faire un plum pudding. Quel festin!

Leur maison est un peu plus grande que la nôtre, mais nous prenions quand même toute la place, à nous tous. Les Livingstone ont deux petits garçons, et aussi un bébé. Les garçons ont accaparé Jamie à la minute même où nous avons mis le pied dans la maison, et ils ont joué tous les trois ensemble aux osselets. La petite s'est endormie sans difficulté dans son berceau qui avait été posé près du foyer, et elle n'a pas pleuré une seule fois de tout le temps que nous avons passé chez eux. Elle est toute mignonne, avec de belles joues bien roses. Ça me brisait le cœur, de la regarder, car tous les souvenirs de la petite Margaret me revenaient à la mémoire. Je ne peux pas imaginer ce que maman a dû ressentir. Je n'ai même pas osé jeter un coup d'œil de son côté. Je crois que madame Livingstone, elle, savait ce que maman ressentait, car elle l'a serrée dans ses bras pour la réconforter.

Madame Livingstone dit que le bébé est sa première née au Canada. Ça m'a fait réfléchir. Que sommes-nous, maintenant? Certainement pas des Américains, et nous ne sommes plus vraiment des Écossais, non plus. Alors, je suppose que, nous aussi, nous sommes des Canadiens. Très bizarre!

Après le souper, Janet et sa sœur Betsy m'ont montré la courtepointe qu'elles avaient commencée à assembler. J'ai reconnu les carreaux qui avaient été taillés dans la couverture de la petite Margaret. Elle était jolie, d'un jaune très doux. Je me souviens que maman en avait préparé elle-même la teinture avec des fleurs de verge d'or.

Madame Livingstone est venue nous voir juste à ce moment-là et elle a tendu la main pour toucher un des carreaux.

« C'est si doux, a-t-elle dit. Et si joli. Je suis très reconnaissante envers ta mère, Mary, d'avoir bien voulu nous donner cette couverture. Ce que j'ai fait aujourd'hui est bien peu de chose, pour la remercier. »

Je me suis alors rendu compte qu'elle savait depuis le début d'où venait cette couverture.

Le 27 décembre 1783

Maintenant, c'est à notre tour de préparer notre fête. Madame Livingstone a donné un peu de miel à grand-maman pour qu'elle puisse nous faire les galettes d'avoine au miel qu'elle nous prépare toujours, la veille du Nouvel An. Nous allons en donner autant que nous le pourrons aux Livingstone, en guise de remerciement pour leur souper de Noël. Ce n'est pas grand-chose, mais c'est le mieux que nous puissions faire.

Hannah est venue chez nous, et nous avons aidé grand-maman. Du moins, nous étions sûres de lui être utiles, mais grand-maman le voyait autrement. Après m'avoir tapé la main avec sa cuillère de bois, simplement parce que j'avais trempé un doigt dans le pot de miel, elle nous a mises à la porte.

J'ai tellement hâte à la veille du Nouvel An. Plusieurs des familles qui sont ici sont d'origine écossaise, alors Hannah, moi-même et les autres enfants écossais, nous irons chanter aux portes des maisons, comme nous le faisions à Albany.

Mais je me demande si nous aurons de la visite, chez nous, à minuit, le soir de la Saint-Sylvestre? Qui viendra nous voir, dans ce drôle d'endroit?

Le 1ᵉʳ janvier 1784

Nous avons chanté de porte en porte, hier soir. Et comme nous avons bien chanté! Nous avons reçu toutes sortes de choses, en récompense. J'ai eu des galettes d'avoine et du bannock (un pain indien) et du gâteau aux fruits, assez pour partager avec toute ma famille.

Le premier visiteur de l'année est arrivé chez nous à minuit tapant! Au moment où il a frappé à notre porte, c'est l'heure qu'indiquait la vieille horloge que papa a trouvé le moyen d'emporter. C'était oncle Allan Ross qui nous apportait un gros pain et un seau rempli de braises pour alimenter notre feu. C'est censé vouloir dire que nous aurons le ventre bien rempli et le corps bien au chaud pendant l'année qui vient. On verra bien… Heureusement, oncle Allan n'a pas les cheveux roux. Grand-maman est absolument convaincue que les cheveux roux sont un signe de malchance. Papa se moque d'elle, mais elle n'en démord pas.

J'ai regardé tout autour de moi, mais je ne vois pas papa. Il a sans doute rendu la politesse en allant faire la même chose chez les Ross. (Ce matin, Hannah m'a dit que c'est ce qu'il a fait.)

Nous voilà donc dans un pays nouveau pour cette nouvelle année. Et j'ai un affreux rhume de cerveau, doublé d'un méchant mal de gorge. Et la toux, aussi. Et Hannah aussi est malade.

Le 3 janvier 1784

Grand-maman n'arrête pas de me bourrer de remèdes. Elle me fait prendre du sirop fait à base d'anis sauvage, affreusement mauvais et amer. Et j'ai bu assez de tisane de valériane et de thé à la menthe pour me noyer dedans. Mais ça semble efficace, car je commence à me sentir mieux.

Hannah, elle, ne va pas mieux, même si sa mère la soigne de la même façon.

Le 5 janvier 1784

Hannah est très, très malade. J'ai peur. Quand je suis allée la visiter, aujourd'hui, elle était toute rouge et brûlante de fièvre, et elle se rendait à peine compte de ma présence. Elle respire bruyamment et je vois bien que c'est très pénible pour elle. Elle ne peut pratiquement plus parler et elle tousse continuellement. Je suis restée assise auprès d'elle tout l'après-midi et j'ai essayé de lui faire boire les tisanes que tante Norah lui avait préparées, mais elle n'arrivait pas à en avaler une seule gorgée. Et quand ça passait, ça ressortait tout de suite.

Le 6 janvier 1784

Hannah va peut-être mourir! Personne ne l'a dit, mais je le vois bien, quand je les regarde. Papa m'a permis de manquer l'école pour que je puisse aller la veiller et l'aider à manger un peu.

Le 7 janvier 1784

Notre pasteur, monsieur Murchison, est venu voir Hannah et tante Norah, aujourd'hui. Ils sont certains qu'elle va mourir. Je n'ose même pas y penser!

Le 9 janvier 1784

Hannah gémit dans son lit et elle est agitée de soubresauts. Elle ne me reconnaît même plus, quand je lui parle. Je lui ai mis des compresses d'eau froide sur le front, mais elle est tellement brûlante de fièvre que ça sèche dans le temps de le dire. Tante Norah est très inquiète.

Le 10 janvier 1784

Maman ne veut plus que j'aille prendre soin d'Hannah. Je crois qu'elle a peur que j'attrape la fièvre, à mon tour. Mais je veux continuer à m'en occuper quand même.

Le 11 janvier 1784

Monsieur Murchison a prié pour Hannah aux offices de ce dimanche.

Le 12 janvier 1784

Hannah ne va toujours pas mieux, mais son état ne s'est pas empiré non plus.

Le 14 janvier 1784

La fièvre semble vouloir baisser.

Le 18 janvier 1784

Il y a une lueur d'espoir. J'ai prié très fort pour Hannah, aujourd'hui.

Le 20 janvier 1784

Hannah a ouvert les yeux, ce matin. Elle était pâle et faible, mais ses yeux étaient clairs. Elle n'a plus la fièvre!

Je suis contente comme ça n'est pas possible, mais je suis si fatiguée que je ne peux pas écrire plus longtemps.

Le 26 janvier 1784

Je suis de retour à l'école, maintenant, mais Hannah ne vient pas avec moi. Elle est encore très faible, et tante Norah l'oblige à se reposer jusqu'à ce qu'elle se soit complètement remise. D'ailleurs, c'est aussi bien qu'elle n'essaie pas de venir à l'école, car il fait très froid et le temps est à la tempête. Les tempêtes de neige se succèdent sans arrêt. Et l'école est pleine de courants d'air. Monsieur Mitchell entretient le feu à plein régime dans le poêle qui trône au milieu de la salle. Malgré cela, j'ai les doigts tellement gelés que j'ai du mal à écrire. Et j'ai les pieds mouillés et glacés à longueur de journée.

Ça me fait tellement bizarre d'être ici, sans Hannah. Sa place vide, à côté de la mienne, me rend triste. J'espère vraiment qu'elle pourra revenir bientôt.

Je reviens tout juste de faire une visite à Hannah. Elle va beaucoup mieux, et nous avons passé toute une heure à bavarder agréablement. Elle est assise, bien calée dans ses couvertures, dans un lit qui a été installé à côté du foyer. Molly est même devenue gentille avec elle, sans un brin d'autorité. Les deux garçons débordent d'énergie, et tante Norah les a envoyés dehors ramasser du petit bois.

Tante Norah dit qu'Hannah est trop faible pour penser retourner à l'école avant le printemps.

« Et qui sait où nous serons rendus, au printemps? » dit-elle.

On dirait que maman n'est pas la seule à espérer retourner chez elle. Il y en a d'autres qui disent la même chose. Papa ne veut pas en entendre parler, tout comme la plupart des hommes. Les officiers du régiment affirment que ce sera impossible et, malheureusement, je crois qu'ils ont raison.

Sir John Johnson a acheté des terres aux Indiens Mississauga, pour nous y établir, mais les gens sont inquiets à l'idée de s'aventurer dans des régions encore sauvages. Le gouverneur Haldimand dit que le gouvernement britannique a promis de fournir aux Loyalistes l'équipement et les vivres nécessaires pour se réinstaller et que, de toute façon, il nous le doit autant en récompense de notre loyauté qu'en reconnaissance de nos pertes. Mais papa et les autres hommes veulent qu'il leur donne une preuve qu'il pourra respecter cet engagement. Le gouverneur a donc écrit en Angleterre pour obtenir une attestation officielle.

Maman quitte la pièce aussitôt que papa se met à parler de ça.

Le 1er février 1784

Un nouveau mois commence. Ma vie est maintenant réglée par la routine. Parfois, j'en oublie même que je n'ai pas toujours vécu ici. Peut-être pas tout à fait, mais je trouve de plus en plus difficile de me rappeler exactement comment c'était, chez nous.

Chez nous. Quelle expression pleine de tristesse! J'ai l'impression que je n'aurai plus jamais de chez-moi de ma vie.

Le 3 février 1784

Hannah est presque complètement rétablie, maintenant, mais elle est très amaigrie et elle se fatigue vite. Grand-maman me donne des soupes et des bouillons à lui apporter, chaque fois que je vais la voir.

Il fait horriblement mauvais. Hier soir, il tombait de la neige mêlée de pluie et, ce matin, la neige accumulée au sol était recouverte d'une couche de verglas. Jamie et les petits Ross s'amusent dehors à glisser sur les bancs de neige. Je les entends crier de joie, et Vagabond jappe comme un perdu.

Oh, mon Dieu! J'ai entendu crier plus fort, et ce n'est pas de joie…

Je suppose que ça devait arriver. J'ai couru pour aller voir ce qui se passait, et j'ai trouvé Jamie étendu par terre, pâle et sans connaissance, avec Vagabond qui le sentait partout, l'air inquiet. Jamie a voulu glisser du toit d'une remise et il est tombé. Quelle peur il nous a faite!

Quand maman l'a aperçu, étendu par terre sans bouger, elle s'est mise à pleurer et à trembler, et elle ne pouvait plus rien faire. Elle devait croire qu'elle venait de perdre un autre enfant. C'est papa qui a dû prendre Jamie dans ses bras et le ramener dans notre cabane. Il a vite retrouvé ses esprits et il est maintenant assis à côté de moi, devant le feu, où je peux le surveiller. Vagabond s'est roulé en boule, collé serré sur Jamie, et ça sent très fort le vieux chien mouillé! Jamie a une énorme bosse sur la tête, et grand-maman a préparé un cataplasme de vinaigre et de renouée à mettre dessus. Pour une fois, il se tient tranquille.

Papa est très fâché contre Jamie, ce qui n'est pas dans ses habitudes. Je crois que nous avons tous les nerfs à fleur de peau, à force de rester enfermés dans la maison quand il fait mauvais temps. Grand-maman voudrait bien avoir son rouet. Nous aurions normalement passé l'hiver à tricoter avec la laine que grand-maman aurait filée. D'habitude, je me plains tout le temps d'avoir trop d'ouvrage. Mais, maintenant, je trouve ça très difficile de n'avoir rien à faire pour passer le temps. Nous avons un fuseau, celui-là même avec lequel j'ai appris à filer, mais nous n'avons pas de laine à filer.

Je crois aussi que papa est de mauvaise humeur parce qu'il a mal à une dent. Même les remèdes de grand-maman ne semblent pas pouvoir le soulager.

Le 7 février 1784

Quelle journée épouvantable! Maman et papa se sont horriblement disputés, eux à qui ça n'arrive jamais! Tout a commencé au déjeuner, quand papa a annoncé qu'il se rendait à une réunion ayant pour but d'organiser notre déménagement vers les hautes terres du Saint-Laurent, à l'ouest, où nous irons nous établir au printemps prochain. Les mains de maman se sont mises à trembler. J'étais debout, à côté d'elle, à attendre qu'elle me donne un bol de gruau que je devais servir à table, et j'ai vu soudain ses doigts se resserrer sur le bol. Quelques secondes plus tard, le bol lui a glissé des mains et il est tombé par terre. Elle ne s'est même pas penchée pour ramasser le dégât. Elle est restée là à regarder papa.

« Mais, Robert, tu n'as pas sérieusement l'intention de nous emmener vivre là-bas, au bout du monde?

— Qu'est-ce que nous pouvons faire d'autre? » a-t-il répondu.

Il se frottait la joue et il avait les traits tirés, de fatigue et de douleur. Cette dent lui fait de plus en plus mal et ça le rend de très mauvaise humeur.

« Nous pouvons retourner chez nous.

— Chez nous? s'est écrié papa, laissant éclater sa colère. (Je ne l'ai jamais vu aussi fâché.) Pourquoi persistes-tu à croire que nous allons retourner à Albany? Ça ne te suffit pas, Fiona, a-t-il hurlé, que j'aie été humilié devant tout le monde? Qu'on m'ait fait promener à dos de mulet, assis à l'envers, pour que toute la ville me voie et se moque de moi? Est-ce que tu souhaites maintenant que je me fasse enduire de goudron et de plumes, et reconduire hors de la ville? Ou même, que je me fasse pendre? Ce n'est plus chez nous, et ce que je viens de dire, c'est exactement ce qui va m'arriver si nous y retournons! J'ai entendu raconter ce qui est arrivé à ceux qui ont essayé de le faire. D'ailleurs, nous y retournerions pour y trouver quoi, dis-moi? »

Jamie et moi, nous ne disions pas un mot. Même grand-maman semblait incapable de parler. Nous ne reconnaissions plus papa.

« Notre maison et nos terres nous ont été prises, a-t-il continué. Crois-tu qu'on nous les redonnera? Il ne nous reste rien là-bas, dans ces nouveaux États-Unis d'Amérique, Fiona. Rien!

— Mais, Robert, avec le temps…

— Avec le temps, quelqu'un s'est installé dans notre maison et s'occupe de cultiver notre terre et est ravi de s'être débarrassé de nous », lui a-t-il répondu.

Sa voix était toute changée, pleine d'amertume. Les

mots semblaient lui sortir difficilement de la gorge, et il s'est arrêté de parler quelques secondes. Puis il s'est secoué, avant de recommencer.

« À partir de maintenant, notre pays, c'est le Canada, a-t-il finalement déclaré. C'est chez nous. Il y a de belles possibilités, et nous devons en profiter du mieux que nous le pouvons. Nous ne pouvons pas retourner en arrière. »

Maman l'a fixé du regard pendant de longues minutes, puis elle a poussé un grand cri et elle s'est précipitée dans sa chambre.

C'était insupportable. Je suis allée la rejoindre. Elle était étendue sur son lit et elle sanglotait. Je me suis agenouillée près d'elle et j'ai essayé de la consoler. Mais elle a repoussé ma main.

« Laisse-moi, Mary, m'a-t-elle dit, d'une voix sourde et tremblante. Laisse-moi. »

C'est ce que j'ai fait.

Elle n'est pas ressortie de sa chambre de toute la journée.

Le 9 février 1784

Maman et papa se tiennent loin l'un de l'autre. Je ne sais pas quoi faire. Je ne les ai jamais vus se comporter de cette façon. Grand-maman est inquiète, elle aussi, et ça la rend très grognonne.

Elle vient tout juste de préparer une fumigation pour papa, car sa dent le fait encore souffrir.

Pauvre papa. Il est couché dans sa chambre, maintenant, et je viens tout juste de l'entendre gémir faiblement. Malgré toutes les fumigations de grand-maman, sa dent lui faisait de plus en plus mal. Finalement, il a fallu qu'il se la fasse arracher, aujourd'hui. Jamais je n'ai vu quelqu'un souffrir autant.

Joss Walker, qui habite dans notre établissement, a une certaine expérience comme arracheur de dents et il possède une clé pour le faire. Il est venu chez nous à la fin de l'après-midi. Il est arrivé avec un pichet de whisky, qu'il a posé sur la table. Maman l'a regardé et a pincé les lèvres.

« Robert ne boit pas de whisky, a-t-elle dit.

— Laisse-le faire, Fiona, lui a dit grand-maman en la prenant par le bras. Il va en avoir besoin.

— Mary, Jamie, dehors tous les deux! nous a alors ordonné maman.

— Mais, maman, ai-je répondu, il y a une tempête de neige. »

Pour être bien franche, j'avais peur de quitter la maison. Je ne savais pas ce qui allait arriver exactement et j'étais inquiète pour papa.

« Alors, en haut, au grenier! a répondu maman. Et plus vite que ça! »

Jamie et moi, nous avons grimpé notre échelle à toute vitesse. Nous n'avons pas bougé d'un poil, mais nous avons suivi tout ce qui se passait en bas.

Papa a pris le pichet de whisky et il en a bu une énorme gorgée. Puis il a toussé et a fait une grosse grimace. Malgré tout ça, il a pris une autre gorgée, puis encore une autre. Et toujours sa grimace… et encore un coup de whisky. Il a trébuché quand il a reposé le pichet sur la table, et monsieur Walker a tendu le bras pour le rattraper et pour l'aider à s'asseoir. Personne ne disait un mot, dans la salle. J'étais morte de peur.

J'ai dit à Jamie de ne pas regarder. Il avait encore plus peur que moi et il est vite allé se recroqueviller sur son lit.

J'ai vu papa s'accrocher si fort aux barreaux de la chaise qu'il en avait les jointures des mains toutes blanches. Puis monsieur Walker a sorti son canif et a essayé de faire bouger la dent avec le bout de la lame. J'ai entendu papa grogner de douleur, et mon estomac n'a fait qu'un tour. Puis monsieur Walker a placé la bague de la clé autour de la dent et a commencé à tirer. J'ai vu le front de papa se couvrir de grosses gouttes de sueur, et il ne pouvait pas s'empêcher de gémir. Maman a poussé un cri, et grand-maman l'a prise dans ses bras.

Ça m'a semblé durer une éternité. Monsieur Walker tirait et tirait, et mon pauvre papa s'accrochait à la chaise et essayait de toutes ses forces de ne pas hurler de douleur. Finalement, après une dernière saccade, puis un dernier cri poussé par papa du fin fond de sa gorge, monsieur Walker a enfin brandi la dent pleine de sang.

Papa vacillait sur sa chaise, et j'ai cru qu'il allait

s'évanouir, mais grand-maman lui a vite porté aux lèvres le pichet de whisky, et il en a pris une grosse gorgée. Puis maman l'a aidé à se mettre debout, elle l'a pris par les épaules et elle l'a conduit dans leur chambre. Il est couché là, depuis, et maman lui soigne la joue avec un cataplasme préparé par grand-maman.

Je me sens encore l'estomac tout à l'envers.

Pauvre papa!

Le 12 février 1784

J'en ai vraiment assez d'avoir tout le temps froid. Il neige et il neige, toujours et toujours. Mes bottes sont complètement usées, et le matin, quand j'arrive à l'école, j'ai les pieds trempés et gelés. Si seulement j'avais pu me tricoter de nouvelles mitaines. Les miennes sont toutes trouées et j'ai les doigts gelés. Il fait tellement froid dans la salle de classe que je n'arrive pas à les réchauffer de toute la journée. Maman m'a donné une couverture pour m'envelopper les épaules quand je sors dehors, et je la garde sur moi tout l'avant-midi, pendant la classe.

J'ai fait le compte : je n'ai pas vu le soleil depuis sept jours.

Le 15 février 1784

Un sentiment d'insatisfaction se répand dans la communauté, à l'idée que nous serons obligés, au printemps, de remonter le Saint-Laurent pour aller nous établir dans de lointaines contrées encore sauvages.

« Il n'y a personne là-bas, sauf des Indiens et quelques trappeurs français, a dit oncle Andrew quand il est venu nous rendre visite, hier soir. Et toutes ces terres sont recouvertes d'épaisses forêts. Il faudra qu'on nous garantisse tout le matériel et tout le soutien nécessaires.

— C'est exactement ce que nous a promis le gouverneur Haldimand, lui a répondu papa. En plus, Andrew, le régiment va rester regroupé. Nous nous établirons donc avec des amis, et les officiers seront là pour nous aider. »

Oncle Andrew a tiré sur sa pipe. Il n'avait pas l'air très convaincu.

Le 20 février 1784

Je suis tombée en disgrâce! Grand-maman continue de me lancer des regards furieux, tandis que je suis assise devant le feu et que j'écris ces lignes. J'essaie de revenir dans ses bonnes grâces en surveillant le ragoût du souper, en ayant l'air vertueuse et travaillante, mais ça n'a pas l'air de marcher. Et tout ça à cause de cet idiot de Danny Snyder. Voici ce qui est arrivé.

Quand je suis arrivée à l'école, ce matin, je dois avouer que je n'étais pas de très bonne humeur. J'étais toute trempée et gelée, et il neigeait encore. Ou, plutôt, il neigeait toujours, car ça semble ne jamais vouloir s'arrêter. Je suis certaine qu'il ne faisait jamais aussi mauvais temps, chez nous. En tout cas, quand une balle de neige m'est arrivée sur la tête, qu'elle a éclaté et que la neige mouillée s'est mise à dégouliner en me gelant la nuque, j'étais furieuse. J'ai regardé tout autour de moi, et j'ai aperçu ce grand idiot de Danny qui ricanait. Sans prendre le temps de réfléchir, j'ai pris une poignée de neige et je la lui ai lancée, de toutes mes forces. Je ne pouvais pas savoir qu'il y avait un morceau de glace dedans. Et je ne pouvais pas savoir non plus que monsieur Mitchell allait sortir de l'école exactement à ce moment-là.

Monsieur Mitchel n'avait pas vu Danny me lancer sa boule de neige, seulement moi qui lançais la mienne. Elle est arrivée en plein sur le nez de Danny et, à cause du morceau de glace, ça lui a donné un gros coup et il s'est mis à saigner du nez!

Et là, il a commencé à hurler. Il devrait avoir honte, un grand garçon comme lui! Il fait deux fois ma taille, et il s'est mis à pleurer comme un bébé. Il était terrifié de voir le sang qui lui coulait du nez.

Quand même, j'étais un peu inquiète. Pendant une seconde, j'ai cru que je l'avais tué.

Monsieur Mitchell m'a presque traînée jusque dans la classe. J'ai cru qu'il allait me donner une correction avec la ceinture de cuir, mais il ne l'a pas fait : les filles n'ont jamais la ceinture. Mais il m'a servi une de ces leçons de morale! Et il a tenu à me reconduire chez moi, après la classe, pour venir raconter mon comportement « inacceptable » à toute la famille. Grand-maman est furieuse, maman dit qu'elle est profondément déçue, mais papa a simplement secoué la tête.

Mais j'ai l'impression d'avoir vu l'ombre d'un sourire aux coins de ses lèvres, quand il s'est retourné.

Le 29 février 1784

Comme si ce mois n'était pas déjà assez long, voilà qu'il faut lui rajouter une journée!

Le 3 mars 1784

Deux jours de grand soleil! Je me sens en pleine forme, même s'il fait encore très froid. La glace sur le fleuve commence à fondre, par endroits, et ça amène son lot d'inquiétudes. Maman m'a demandé de surveiller Jamie de très près. Il ne doit absolument pas s'aventurer près du fleuve. Ça m'embête, mais je me sens tellement heureuse que je vais m'en arranger.

Tante Norah dit qu'Hannah pourra probablement sortir un petit moment, demain.

Le 4 mars 1784

On dirait que ces deux belles journées n'étaient là que pour nous donner un avant-goût des beaux jours. Il a recommencé à neiger, aujourd'hui, et il fait toujours aussi froid. Hannah était encore plus déçue que moi. Elle avait tellement hâte de pouvoir sortir.

Le 10 mars 1784

L'atmosphère a complètement changé dans l'établissement. Le gouverneur Haldimand a annoncé hier qu'il avait reçu des nouvelles d'Angleterre : nous aurons tout l'équipement et l'aide nécessaires. Maintenant, au lieu de rouspéter, les gens commencent à faire des projets et se disent même impatients d'entreprendre le voyage vers les hautes terres du Saint-Laurent. Nous partirons aussitôt que le fleuve sera redevenu navigable, probablement vers la fin d'avril ou le début de mai.

Maman avait l'air accablée, quand elle a appris la nouvelle. Je crois qu'elle espérait encore que quelque chose pourrait empêcher ça. Mais c'est réglé, maintenant. Nous partirons, c'est sûr et certain. Je dois avouer que je me sens comme des papillons dans le ventre, à cause de tout ça. Comment ce sera, là-bas?

Le 15 mars 1784

Les érables ont commencé à couler! Monsieur Mitchell a fermé l'école, et tout le monde est parti aider. J'ai toujours aimé le temps des sucres. Nous avons travaillé pendant des jours à rapporter les seaux de sève jusqu'à la cabane à sucre, pour la faire bouillir dans de grandes marmites suspendues à des crémaillères, au-dessus du feu. Chacun fait ce qu'il peut, même Jamie et les autres petits. Ils peuvent tout juste soulever un seau et, encore, à condition qu'il ne soit pas trop plein. Je suis fière de dire que je peux en transporter deux à la fois. Cet imbécile de Danny Snyder a parié avec moi que je n'étais pas capable, mais il a perdu. Heureusement, parce que, si j'avais perdu, il aurait fallu que je l'embrasse. Comme si j'en avais envie! J'ai accepté le pari seulement parce qu'Annie Stanton et Flossie Hoople ont eu l'air horrifiées, quand il a proposé ça. Et aussi, parce que grand-maman n'était pas dans les parages.

J'ai posé une palanche sur mes épaules et j'ai accroché un seau à chaque bout. C'était dur, surtout quand il fallait marcher dans les bancs de neige, mais je suis forte.

Nous avons fait du sirop et du sucre d'érable, et il y en aura assez pour tout le monde. Grand-maman n'a pas pu se retenir : elle est venue surveiller les marmites. Elle prétend être la meilleure juge au monde quand il s'agit de décider si le sirop a assez bouilli. Les marmites sont restées sur le feu toute la journée, et nous avons regardé la sève claire se transformer en sirop épais et doré. Grand-maman plongeait sa cuillère de bois dans chaque marmite et, si un grand filet de sirop y restait attaché quand elle la ressortait, elle déclarait que le sirop était prêt.

La partie que je préfère, c'est évidemment quand on prend du sirop dans une marmite et qu'on le dépose par cuillerées sur de la neige pour le faire durcir en tire. Alors, tout le monde se régale, même les adultes! J'ai ramassé la plus grosse boule de tire que j'ai pu pour Hannah.

Le 20 mars 1784

Incroyable! Encore une autre tempête de neige! Mais ce n'est pas grave parce que nous devons faire la corvée de piquage de courtepointe. Madame Livingstone et ses filles ont terminé le travail d'assemblage du dessus et, maintenant, un groupe de femmes de l'établissement doit venir aider à le piquer, avec la matelassure et le dessous. Je pratique mes points tant que je peux, car je veux y participer, et je me frotte les mains tous les soirs avec de la graisse d'oie pour qu'elles soient bien douces. Jusqu'à maintenant, on m'avait seulement permis d'enfiler les aiguilles. Cette fois-ci, je veux avoir le droit de piquer!

Le 25 mars 1784

Le temps est au beau, et la neige fond à vue d'œil. J'ai entendu un oiseau chanter sa jolie chanson du printemps, ce matin. Hannah est sortie aujourd'hui, juste pour s'asseoir devant chez elle, et nous sommes restées là toutes les deux, à prendre un bon bain de soleil. Il fait encore très frais, bien sûr; Hannah est donc restée bien emmitouflée, mais ça faisait tellement plaisir de la voir dehors. La corvée de piquage aura lieu dans deux semaines, et elle pourra y aller; alors, nous pratiquons toutes les deux nos points.

J'ai bien peur qu'elle travaille mieux que moi et que ses points soient bien plus beaux. Et si on lui permettait de piquer, et pas à moi?

Le 6 avril 1784

La corvée de piquage a eu lieu hier. Je n'ai pas pu le raconter hier soir, dans mon journal, parce qu'il était trop tard quand je me suis finalement écroulée de fatigue dans mon lit. Mais il faut que j'écrive tout ça maintenant, si je ne veux rien oublier. Comme si c'était possible! J'étais déjà allée à des corvées de piquage, bien sûr, mais jamais à une corvée comme celle-là. Et ça faisait tellement de bien, après un hiver si long et si dur dans ce drôle d'endroit.

En ce moment, je suis assise dehors au soleil et, même si j'ai froid aux doigts et que le vent est encore frais, j'ai décidé d'y rester. J'ai trouvé un endroit très agréable où écrire. C'est derrière notre cabane, au beau milieu d'un bouquet de cèdres. J'ai découvert cette cachette hier. Personne ne peut me voir. C'est tellement calme. Il n'y a personne aux alentours, seulement moi et les oiseaux qui chantent à qui mieux mieux. Maman surveille Jamie, et j'ai un bon bout de temps libre, à moi toute seule, avant d'aller aider à préparer le repas de midi.

Voici comment s'est passée la corvée.

Quand nous sommes arrivées, monsieur Livingstone venait juste de décrocher le métier à piquer de madame Livingstone du plafond, au-dessus de son lit. C'est lui qui l'a fabriqué et il en est très fier. Monsieur Livingstone marche en boitant, parce qu'il a été blessé à la guerre, et c'est d'ailleurs pour cette raison qu'ils sont arrivés ici parmi les premiers. Il ne pouvait plus aller se battre, et leurs voisins étaient prêts à le pendre, en tant que traître, s'il ne déguerpissait pas immédiatement. Il s'est enfui, et madame Livingstone a dû s'arranger toute seule pour aller le retrouver avec les enfants! Janet et Betsy m'ont tout raconté pendant que nous étions occupées à piquer. Ah oui, j'oubliais! Les femmes m'ont permis de piquer. Et Hannah aussi. Mais je vais trop vite. C'est tellement difficile de raconter les choses dans l'ordre! On dirait que ma plume veut tout écrire le plus vite possible.

Nous avons poussé la table contre le mur, puis nous avons déposé le métier au milieu de la pièce et nous avons aligné les bancs de chaque côté. Les garçons ont été chassés de la maison, et monsieur Livingstone s'est éclipsé pour aller faire des travaux à l'extérieur. C'est un excellent charpentier et il est très en demande, ici. Tante Norah espère que, quand nous serons définitivement établis, il pourra lui bâtir un nouveau métier à tisser. J'ai retenu ma respiration quand les femmes se sont assises et qu'elles ont demandé aux petites d'enfiler les aiguilles. À d'autres, elles ont demandé de s'occuper des plus petits et de les emmener jouer dehors. Hannah et moi, nous sommes restées sans bouger. J'étais très intimidée, et je sais qu'elle l'était aussi.

« Vous, les grandes, venez vous asseoir avec nous, a dit madame Livingstone en nous indiquant nos places. D'après vos mères, vous êtes devenues excellentes au travaux de piquage. Vous ne serez pas de trop! »

J'avais le sourire fendu jusqu'aux oreilles. Je suis allée m'asseoir à côté d'Hannah sans dire un mot, puis j'ai pris une aiguille.

Nous avons travaillé toute la journée et nous avons terminé vers la fin de l'après-midi. Les femmes ont bavardé sans arrêt.

Elles parlaient de bébés, de recettes de cuisine et de ce genre de choses. Personne n'a eu l'idée de parler de la guerre. J'étais assise à côté de maman et, pour la première fois depuis que nous avons été chassés de chez nous, je l'ai vue calme et détendue. Elle adore le piquage, et il y a si longtemps qu'elle n'a plus eu l'occasion d'en faire.

« Mes doigts vont avoir tout oublié », a-t-elle dit en s'excusant.

Mais elle se trompait car, quelques minutes plus tard, ses mains semblaient voler au-dessus de la courtepointe, et je peux certifier que ses points étaient les plus serrés et les plus réguliers de tous.

C'est seulement quand elles ont commencé à parler du déménagement à venir que ses doigts ont un peu hésité. À ma grande surprise, la plupart des femmes planifiaient ce voyage sans trop d'inquiétude.

« Ce sera une bénédiction, de vivre de nouveau dans ma propre maison, a dit madame Livingstone. Quand nous nous sommes mariés, à Albany, nous avons construit notre maison de nos propres mains, et je ne vois pas pourquoi nous ne pourrions pas recommencer, maintenant. »

Quel beau courage!

« Vous ne souhaitez donc pas retourner chez vous? lui a demandé maman, d'une toute petite voix.

— Je l'ai souhaité pendant longtemps, a répondu madame Livingstone. Mais ça n'arrivera pas. Le Canada, c'est mon chez-moi maintenant. »

Maman s'est tue, mais sans serrer les lèvres comme elle le fait toujours quand on parle de ne jamais retourner chez nous. Juste à ce moment-là, la petite s'est mise à pleurer et Janet s'est levée pour aller le chercher.

« Laisse-moi la prendre quelques minutes », a dit maman.

Elle a tendu les bras, et Janet lui a laissé prendre la petite. Immédiatement, le bébé s'est calmé. J'étais stupéfaite. Et là – oh, cher journal! j'en ai le cœur qui chavire juste de l'écrire – elle s'est mise à chanter. Tout doucement, une vieille berceuse écossaise. Les points se sont embrouillés devant mes yeux, et j'ai dû vite baisser la tête pour que personne ne voie mes yeux se remplir de larmes. J'en ai laissé tomber quelques-unes sur la courtepointe, mais sans grand dommage.

On m'appelle. Je finirai cette histoire ce soir, dans mon lit.

Plus tard

Il fait noir, maintenant, et je suis bien calée dans mes couvertures, avec un bout de chandelle pour m'éclairer. Jamie ronfle doucement, à côté de moi.

Là, j'ai le temps de finir mon histoire de corvée de courtepointe.

Quand le piquage a été terminé, nous avons tout remis en ordre et nous nous sommes rendues toutes ensemble dans une espèce de salle communautaire qui a été construite ici, justement pour nos rassemblements, avec tous les plats que nous avions préparés. Les hommes et les garçons nous y attendaient. Nous avons servi le souper. Puis, dès que les assiettes ont été vidées et que les tables ont été enlevées pour faire de la place, les violoneux ont commencé à jouer, et nous avons pu danser. La salle était pleine de gens qui faisaient trembler le plancher et les murs, en dansant. Tellement que j'ai cru que les murs allaient s'écrouler. Nous nous sommes tellement amusés! Hannah et moi, nous avons dansé ensemble jusqu'à ce que sa mère lui demande d'arrêter. Alors, nous sommes restées assises à regarder les autres danser. Sa sœur Molly était manifestement très populaire auprès des jeunes hommes qui se trouvaient là, mais elle ne semblait donner la préférence à aucun en particulier. Hannah m'a chuchoté à l'oreille que Molly lui parle souvent d'Angus et qu'elle espère le revoir quand nous nous retrouverons tous ensemble, au printemps. Hannah pense qu'elle est amoureuse folle de lui.

Grand-maman était extrêmement flattée quand oncle Allan Ross lui a dit que son ragoût d'écureuils était le meilleur de tous les plats de la fête. Et alors, imaginez-vous donc, il l'a invitée à danser! Je ne l'ai jamais vue si pleine d'entrain!

Ma bougie est presque toute fondue. Je crois que je vais juste rester couchée dans le noir et repasser dans ma tête tous les événements de la journée et de la soirée.

J'étais de nouveau heureuse. J'étais follement, terriblement heureuse! Je croyais que ça ne m'arriverait plus jamais!

Le 10 avril 1784

Le printemps est arrivé pour de bon! Les oiseaux font leurs nids, et le soleil est chaud, chaud, chaud! J'ai vu des rouges-gorges, aujourd'hui.

Le 14 avril 1784

La glace commence à se fendre, sur le fleuve. Monsieur Mitchell a beaucoup de difficulté à faire respecter la discipline dans la classe. Nous avons tous la fièvre du printemps!

Et, croyez-le ou non, nous avons planté le brin de lilas de grand-maman dehors, et il est tout plein de gros bourgeons verts! Il a survécu!

Le 26 avril 1784

Le fleuve est presque complètement dégagé de ses glaces, maintenant, et nous devons partir le mois prochain. Nous prendrons le bateau pour remonter le

Saint-Laurent jusque de l'autre côté de Montréal, dans un endroit qui s'appelle Lachine. Là, nous prendrons une autre barque et nous continuerons de remonter le Saint-Laurent. Les familles des soldats et des officiers du régiment de Sir John Johnson iront s'installer dans un nouvel établissement qui a été nommé Johnstown, en son honneur. Ils disent qu'il nous faudra environ dix jours pour naviguer jusque-là.

J'ai tellement hâte!

Le 30 avril 1784

Nous avons reçu une lettre d'Angus! Les premières nouvelles que nous avons de lui depuis l'hiver. Il dit qu'il va très bien et qu'il a hâte de nous revoir tous, mais qu'il était très triste d'apprendre la mauvaise nouvelle à propos de la petite Margaret. Son bataillon sera démembré en juin, à Cataraqui, et il sera alors libre de venir nous rejoindre à Johnstown.

Maman est devenue toute triste, quand elle a lu la phrase à propos de la petite Margaret, mais elle est tellement heureuse à l'idée de revoir Angus! Je commence à croire qu'elle a fini par admettre que nous ne retournerons pas chez nous.

Je me demande si Duncan viendra aussi à Johnstown.

Le 2 mai 1784

Nous devons partir d'ici le 10 mai et, après, les approvisionnements arrêteront et ce campement sera fermé. Je ne peux pas dire que ça me fait beaucoup de peine. Adieu, camp crasseux!

Monsieur Mitchell a renoncé à faire la classe. Les garçons ont tous abandonné, et celles d'entre nous qui viennent encore sont beaucoup trop énervées pour s'intéresser aux leçons.

Le 5 mai 1784

Plus qu'une semaine! Nous partons la semaine prochaine!

Le 9 mai 1784

Demain! Nous faisons des paquets avec le peu de choses que nous possédons, et la petite cabane est sens dessus dessous. Je suis sûre que je ne fermerai pas l'œil de la nuit.

Le 12 mai 1784
À Lachine, près de Montréal

Nous avons navigué jusqu'à Lachine et nous voilà assis à attendre les autres barques pour remonter encore le fleuve jusqu'à l'établissement de Johnstown. Il y a encore de la glace ici et là, sur le fleuve, et le voyage jusqu'ici était dangereux. J'ai même cru, un moment, que la barque dans laquelle nous étions tous entassés allait chavirer. Un des mariniers a dû écarter de gros blocs de glace avec une perche, tandis que l'autre ramait de toutes ses forces. Le courant est très fort.

Il y a des milliers de gens rassemblés ici, en provenance de campements militaires aussi éloignés que la ville de Québec. Et il y a un bruit et un désordre à faire peur.

Jamie et les petits Ross ne font rien pour arranger les choses, bien sûr. Comment trois petits garçons peuvent-ils faire autant de bêtises, je me le demande. Ils ont disparu pendant presque tout l'après-midi, et tout le monde était à leur recherche. Nous les avons retrouvés tout simplement parce que j'ai entendu Vagabond japper. Ils étaient partis à la chasse aux couleuvres. (George voulait en garder une comme animal de compagnie.) Et ils avaient trouvé le moyen d'aller se perdre à l'autre bout du campement. Ils ont bien trouvé une pauvre couleuvre en train de se faire chauffer au soleil, sur une pierre, mais Vagabond s'est mis à japper en la voyant (c'est là que je l'ai entendu), et la couleuvre s'est enfuie, Dieu merci! Je ne me voyais pas voyager avec une couleuvre pour le reste du trajet!

À propos, Vagabond n'est pas content du tout d'avoir à reprendre le bateau. Il s'assoit, tout recroquevillé entre les jambes de Jamie, les oreilles tombantes et la queue entre les jambes. Il fait vraiment pitié à voir.

Le 14 mai 1784

Encore ici, et il semble que nous allons y rester pour un bon bout de temps encore. Je ne sais pas comment nous allons pouvoir supporter ça. Papa a l'air soucieux, aussi, parce qu'on nous a donné des vivres pour un mois seulement, même si on nous avait promis que nous en aurions d'autres, plus tard. Il a aussi reçu des munitions, alors il pourra quand même aller à la chasse. Et on nous avait promis des vêtements, mais ils disent maintenant qu'il serait trop difficile d'en faire la distribution. Je ne comprends vraiment pas pourquoi. Tout ce que je sais, c'est que j'ai une robe usée jusqu'à la trame et que mon manteau est en lambeaux. Mes bas ont été reprisés tant de fois qu'ils sont devenus tout raides. Mes bottes ne feront certainement pas plus qu'un mois. Et tout le monde est dans le même état.

Il manque encore des barques. Le capitaine Jacob Maurer est en charge de l'opération, et on nous a dit qu'il a passé tout l'hiver à faire construire des barques et à en faire venir de partout où il pouvait en trouver. Entre-temps, nous vivons tous dans des tentes fournies par l'armée. Nous avons une seule tente pour loger toute notre famille. Elle est grande, mais la nuit, pour dormir à nous cinq, nous sommes tassés comme des sardines. Ce n'est pas si grave, car les nuits sont encore fraîches. Maman fait coucher Vagabond dehors, et Jamie n'est pas content du tout.

Hannah et sa famille sont juste à côté de nous, cette fois-ci.

Le 16 mai 1784

Le brin de lilas de grand-maman a fleuri! Juste une toute petite grappe de fleurs, mais tout de même assez lourde pour faire plier la branche jusqu'à terre. J'ai fermé les yeux et je me suis enfoui le nez dans les petites fleurs mauves pour en sentir le doux parfum et, pendant quelques secondes, j'ai presque cru que j'étais revenue à la maison et que toutes nos aventures n'étaient qu'un long et affreux cauchemar.

Mais il a bien fallu que j'ouvre les yeux de nouveau!

Le 18 mai 1784

Je suis trop trempée et j'ai trop froid pour pouvoir écrire bien longtemps. Il a plu sans arrêt et, à cause de ça, nous n'avons plus de feu et nous avons dû nous contenter de galettes froides et de porc salé pour le repas. Il y a tellement de boue partout dans le campement que nous ne pouvons pas aller nous promener bien loin. Je me suis juste déplacée jusque chez Hannah, aujourd'hui, et ce qui me reste de bottes était tellement plein de boue que grand-maman me les a fait enlever avant de me laisser entrer dans la tente. Ça n'a pas changé grand-chose, car mes bottes ont tant de trous que mes pieds étaient tout aussi sales.

Grand-maman fait la guerre à la poussière et à la boue, mais je ne crois pas qu'elle remportera la victoire, cette fois-ci.

Le 20 mai 1784

Des Indiens sont venus à notre campement, aujour-d'hui, pour nous apporter du poisson frais. En échange, ils voulaient que nous leur donnions de la farine, mais personne ici n'en avait de trop. Ils nous ont quand même laissé le poisson, ce qui est vraiment très généreux de leur part.

La pluie a cessé. Papa a fait un beau feu. J'ai cueilli des feuilles de pissenlits pour faire de la salade, et maman a fait bouillir le poisson avec des patates, des navets et des fines herbes de grand-maman. Les navets étaient un peu moisis, mais j'en ai enlevé les mauvaises parties et nous avons eu un délicieux festin.

Le 21 mai 1784

Certains des mariniers qui doivent conduire nos bar-ques vers les hautes terres se sont soûlés, hier soir, et ont fait du tapage. Ils deviennent aussi impatients que nous. Grand-maman nous a fait rentrer dans la tente, Jamie et moi, avec interdiction d'en ressortir. Elle ne voulait même pas me laisser sortir pour que j'aille me soulager dans les buissons, jusqu'à ce que je réussisse à la con-vaincre que c'était absolument nécessaire! Puis Jamie a dit qu'il voulait y aller, lui aussi, et maman a dit que nous ne pouvions pas y aller seuls. Alors, papa a dit qu'il allait surveiller dehors, et nous avons commencé notre procession jusqu'aux latrines. Avec Vagabond qui sautait autour de nous en jappant, évidemment.

Pas très discret!

Enfin! Les barques sont toutes là, et on est en train de les charger. C'est rassurant de voir tout l'équipement et les vivres qui nous ont été envoyés. Au moment où j'écris ceci, assise au bord du fleuve à regarder toute l'agitation qu'il y a autour, j'aperçois des soldats en train de charger des tentes et des ballots de tissus (une robe neuve pour cet été, peut-être?), et des sarcloirs, des haches et toutes sortes d'outils. Il y a aussi des boîtes de provisions et des semences, même si papa, qui est assis à mes côtés, pense que nous ne serons pas installés assez vite pour les semailles, cette année.

Nous partons demain.

Le 30 mai 1784

Quelque part sur le fleuve Saint-Laurent

Pour la première fois depuis notre départ, je peux prendre un petit moment pour écrire dans mon journal. Quel voyage!

La barque dans laquelle nous naviguons est semblable à celle que nous avons prise sur le lac Champlain, mais elle a un fond plat, pour permettre le passage des rapides. Nous avons justement dû en franchir, dès notre départ de Lachine. Mais ça, je le raconterai plus tard.

La barque est manœuvrée par cinq mariniers, comme celle du lac Champlain, mais ceux-ci sont des Canadiens-français.

Encore une fois, nous sommes entassés comme des sardines, au point où nous pouvons à peine respirer. Comme l'autre fois, il y a quatre familles dans la barque – les Ross sont là, grâce à Dieu! – et toutes nos affaires. Heureusement que nous n'en avons pas beaucoup! Il y a douze autres barques qui font le voyage avec nous. Une vraie petite flottille! Ce sont toutes des familles de soldats du régiment de Sir John Johnson, et nous allons tous nous établir ensemble. C'est rassurant, car nous avons appris à bien nous connaître, au cours de l'hiver que nous venons de passer.

Le soir, nous descendons à terre et nous montons notre campement. C'est très agréable, après toute la poussière et le désordre du campement de Lachine. Je suis maintenant assise à me réchauffer, devant le feu, et je peux voir les mariniers s'affairer à préparer notre souper. L'un d'eux a abattu des écureuils, et ils sont en train d'en faire un ragoût qui sent drôlement bon. Le temps s'est radouci, ce qui est agréable, mais ça amène aussi des inconvénients. Les moustiques ont commencé à nous torturer. Ils sont aussi féroces que les moustiques de chez nous. Il y a de minuscules mouches noires, qui réussissent à entrer dans mes cheveux, dans mes oreilles et même à l'intérieur de ma robe. J'en ai partout! On dirait qu'elles mordent! En ce moment, je me gratte autant que j'écris. Comme abri, nous prenons les voiles des barques, et aussi des bâches, et nous les suspendons à des branches. Mais, dès qu'il se met à pleuvoir, c'est insuffisant pour nous protéger.

Pendant que j'écris ces lignes, j'entends le clapotis de l'eau du fleuve et je vois le reflet de la lune sur sa surface. C'est très beau.

Le 1ᵉʳ juin 1784

Les mariniers chantent tout le temps, pendant que nous naviguons. Même si les barques sont équipées de voiles, ils vont généralement à la rame, car le vent, qui vient de l'ouest, est contraire à notre direction et que le courant est très fort.

C'est un voyage très agréable. Sauf pour les insectes. Quand nous descendons à terre pour le repas du midi, nous sommes instantanément assaillis par les mouches noires et les maringouins. Et les grosses mouches forment des nuées qui s'abattent sur notre nourriture. Il y en a tellement que c'est difficile de prendre une bouchée sans en croquer une.

Le 3 juin 1784

Encore des rapides, aujourd'hui. Nous venons tout juste de les passer et nous nous sommes arrêtés pour le repas du midi. Les mariniers ont monté un énorme feu de broussailles afin de se faire sécher, car quelques-uns d'entre eux sont complètement trempés. L'un d'eux a même glissé et est tombé dans l'eau. Je l'ai entendu crier quelque chose qui me semblait être un juron. C'est probablement une bonne chose que je ne l'aie pas compris!

Aux premiers rapides que nous avons passés, j'avais très peur et j'étais certaine que toutes les barques allaient sombrer. J'ai encore peur, mais jusqu'à maintenant, nous avons réussi à nous en tirer sans mésaventure. Je vais décrire maintenant comment on fait.

Quand on arrive devant des rapides, nous, les passagers, nous devons débarquer et prendre toutes les choses auxquelles nous tenons, au cas où la barque chavirerait. Ces bagages-là, nous devons les porter nous-mêmes. Il y a un des mariniers, appelé le conducteur, qui dirige toute la flottille. Son rôle est de donner les ordres nécessaires pour que les barques soient manœuvrées correctement et qu'elles restent regroupées tandis que nous naviguons. Quand nous arrivons devant des rapides, il dirige les barques, qui doivent les traverser une à une. Deux mariniers restent dans la barque et ils la dirigent avec des perches. Les autres débarquent et marchent sur la berge en tirant la barque avec des cordes. Les hommes du groupe des Loyalistes apportent aussi leur aide, et papa est toujours là, avec eux.

Les rapides me font peur parce qu'ils sont extraordinairement puissants. Je ne peux pas faire autrement que de craindre pour la vie des mariniers. Si une barque venait à chavirer, le marinier serait projeté dans l'eau pleine de remous et il se fracasserait sûrement les os contre les rochers. Une de nos barques a failli chavirer, aujourd'hui. Nous sommes tous restés crispés et la

gorge serrée, jusqu'à ce que les mariniers en reprennent
le contrôle.

Ce sont des hommes courageux, ces mariniers.

Maintenant, ils nous distribuent nos bols de soupe.
Je dois m'arrêter d'écrire.

Plus tard

Presque une catastrophe! Après notre dîner, les
mariniers ont commencé à recharger les barques. Nous
avions ramassé nos affaires et nous les apportions au
bord de l'eau. Personne n'a remarqué que le feu de
broussailles s'était mis à se répandre. Soudain, il y a eu
un cri d'alerte lancé par un des mariniers et nous nous
sommes tous précipités pour aller voir. Le feu avait pris
dans les feuilles mortes, sur le sol, et il courait en direction de la forêt.

Chacun a pris une bâche ou une couverture ou n'importe quoi d'autre qui lui tombait sous la main et, tous
ensemble, nous nous sommes mis à battre le feu. Moi-
même, je battais le feu avec ma couverture, jusqu'à ce
que grand-maman me voie et qu'elle m'emmène avec
elle. Heureusement que le sol n'est pas trop sec et que
les flammes ont vite été maîtrisées. J'étais pas mal bar-
bouillée de suie, mais contente de moi-même. C'était
très satisfaisant, de pouvoir ainsi battre un feu.

Le 7 juin 1784
Johnstown!

Bon, nous voilà rendus. J'ai du mal à y croire. Johnstown n'est rien de plus qu'un rassemblement de tentes qui se dressent le long du fleuve. On nous en a donné deux. Papa et maman partagent la plus petite, et Jamie, grand-maman et moi, nous partageons la plus grande. (Avec Vagabond, aussi, quand grand-maman ne regarde pas.) Les Ross, comme d'habitude, sont installés tout près de nous.

Environ vingt familles vont s'établir ici définitivement. Les autres ont continué vers les hautes terres. Monsieur Mitchell est allé avec eux. Il est parti pour Cataraqui, où une école a déjà été construite. Il ne me manquera pas, mais je me demande combien de temps il faudra avant qu'on nous construise une école. Pour le moment, il n'y a rien, ici.

On m'appelle. Je dois aller aider à préparer le souper.

Tout le monde est étrangement silencieux. Nous sommes fatigués, bien sûr, mais je crois qu'il y a autre chose. Notre grand voyage est enfin terminé. Que va-t-il nous arriver, maintenant?

Le 10 juin 1784

On nous a distribué de la nourriture, mais toujours pas de vêtements. Ce n'est pas grave! Il faisait délicieusement chaud, aujourd'hui, et Hannah et moi, nous avons couru au bord du fleuve, avec nos vieilles robes et nos pieds nus. Plus besoin de bottes, maintenant!

Maman est en train d'arranger les vivres et l'équipement qu'on nous a donnés mais, à tout bout de champ, elle relève la tête et regarde la forêt tout autour de nous; elle a l'air vraiment découragée. Hier soir, je l'ai entendue demander à papa : « Comment allons-nous pouvoir nous établir ici, Robert? L'endroit est totalement sauvage! »

Papa a tenté de la rassurer, mais sans grand succès. C'est difficile de croire que cet endroit sauvage deviendra notre chez-nous.

Le 12 juin 1784

Ils sont en train d'arpenter le terrain. Papa dit que, quand ils auront terminé, chaque famille obtiendra un lot par tirage et que ça deviendra sa propriété. En tant que chef de famille, papa obtiendra 100 acres, et Angus aura, lui aussi, 100 acres, en tant que soldat. Les autres membres de notre famille recevront chacun 50 acres, même Jamie et moi. Oncle Allan aura droit à 200 acres, en tant que sous-officier. Ça me paraissait très généreux, mais maman en avait lourd sur le cœur, à ce sujet.

« Belle générosité, a-t-elle dit avec colère. Quand on sait que nous avons perdu tout ce que nous possédions, tout ce pourquoi nous avons travaillé pendant tant d'années, et tout ça à cause de notre loyauté envers l'Angleterre! Et ma petite Marg… »

Elle a alors éclaté en sanglots. J'ai tendu la main vers elle mais, avant que j'aie pu même ouvrir la bouche, elle s'est secouée un peu et s'est redressée. Elle avait la bouche tordue d'amertume.

« Tout ce que l'Angleterre nous donne, nous l'avons gagné à la sueur de notre front », a-t-elle alors ajouté.

Je n'avais jamais envisagé les choses de cette façon. Je me suis alors sentie de nouveau toute triste.

Tous les jours, papa, oncle Andrew et oncle Allan vont explorer les bois. Ils voudraient avoir des lots voisins et ils cherchent un endroit qui serait près d'un cours d'eau. Je suppose que Duncan aura droit à un lot de 100 acres, lui aussi, et j'ai suggéré à papa d'essayer de trouver encore un autre lot, près du nôtre. Depuis, papa n'arrête pas de me taquiner et il dit que je dois avoir un penchant pour Duncan. Quelle idée! Je pensais seulement à l'amitié entre Duncan et Angus.

Le 14 juin 1784

Papa est soucieux. L'été passe, et ils n'ont toujours pas fini d'arpenter les lots. Il sera certainement trop tard pour semer, quand nous serons établis. Papa dit qu'il faudra donc compter sur les vivres fournis par le gouvernement pour passer l'hiver. Il n'aime pas ça du tout!

Le 21 juin 1784

Nous sommes fatigués d'attendre. Nous n'avons rien à faire pour nous occuper. Hannah et moi, nous passons le temps à explorer le bord du fleuve, mais papa et les autres se font du souci à cause des retards.

Grand-maman, bien entendu, ne reste jamais à rien faire. Elle part très tôt le matin pour aller refaire ses provisions d'herbes et de racines sauvages. Ce matin, elle nous a emmenées avec elle, Hannah et moi.

« Il est grand temps que vous appreniez ces choses », a-t-elle dit.

C'est très intéressant. Grand-maman dit que certaines plantes ne doivent pas être cueillies avant septembre ou octobre, mais que bien d'autres sont déjà prêtes à être ramassées. Sans quelqu'un comme elle pour nous le montrer, personne ne pourrait imaginer la quantité de plantes sauvages qui poussent par ici. Je vais écrire la liste de celles que je connais déjà.

L'anis sauvage, pour la toux et les rhumes.

La sanguinaire, pour les saignements de nez.

La valériane, pour les maux d'estomac et de gorge.

La tisane de tanaisie, comme tonique. (Je la connais bien, celle-là. Le goût est affreux! Grand-maman croit que plus une tisane a mauvais goût, plus c'est un remède efficace.)

La tisane de houblon, pour régulariser le flux sanguin. (Qu'est-ce que ça veut dire, ça, « régulariser le flux sanguin » ? J'ai posé la question à grand-maman, mais elle m'a répondu par un « chut! ».)

Le houx, mélangé avec du saindoux, de la résine et de la cire d'abeille, pour les éraflures et les brûlures. (Je connais bien ça!)

La renouée, macérée dans du vinaigre, pour les contusions et les enflures. (C'est ce que nous avons mis sur la tête de Jamie, quand il est tombé du toit.) On utilise parfois de l'armoise, pour les mêmes maux. En particulier sur les pattes des chevaux. Je me rappelle que nous en avons utilisé, une fois, pour le vieil Arthur.

Et voilà que le souvenir du vieil Arthur me revient, et il me manque.

Revenons à nos plantes.

La bardane, que maman déteste parce qu'elle envahit toujours son potager. Grand-maman en fait macérer des feuilles séchées et donne ça à boire à maman, chaque fois qu'elle fait une indigestion. Ça semble toujours lui faire du bien, alors ce n'est pas une si mauvaise herbe que ça.

La tisane de menthe verte et de molène, pour les rhumes.

L'aunée, pour les plaies ouvertes. On en fait aussi un sirop qui est censé faire du bien aux enfants qui ont la coqueluche. (Dieu merci, on n'en a jamais eu besoin dans notre famille.)

Il y a aussi une plante, la jusquiame, que grand-maman appelle aussi l'« herbe aux énervés ». Elle a essayé de m'en faire mâcher des racines, un jour, pour « me calmer les nerfs ». Mais j'ai réussi à la convaincre de ne pas m'en donner en promettant d'être très, très tranquille. (Je ne pense pas que je suis « énervée »!)

Revenons à l'armoise. Grand-maman en fait une tisane qu'elle nous donne à boire quand les autres remèdes ne veulent pas fonctionner. C'est tellement amer qu'en comparaison, la tisane de tanaisie semble sucrée! Quand je sens l'odeur de la tisane d'armoise qu'on prépare, je déguerpis, que je me sente malade ou non.

Le 23 juin 1784

De bonnes nouvelles d'Angus! Son bataillon a été démembré, et il va venir nous rejoindre ici, avant la fin du mois.

Il n'a rien dit à propos de Duncan.

Le 30 juin 1784

Angus est ici, et Duncan aussi! Maman a retrouvé le sourire, et même grand-maman est de bonne humeur. Papa dit qu'il vont bientôt faire tirer les lots et qu'il est grand temps!

J'ai eu une merveilleuse surprise – Angus m'a apporté une chatonne! Elle est toute noire, avec les pattes blanches. Alors, je l'ai appelée Mitaine. Elle est minuscule, mais très belle et très brave. Vagabond n'a pas pu se retenir d'aller la renifler, aussitôt qu'il l'a vue, et on aurait pu croire qu'elle aurait une peur bleue de cet énorme monstre (elle est plus petite que sa tête à lui), mais pas du tout! Quand elle a fini par trouver qu'il la reniflait un peu trop fort, elle a fait le gros dos, ses poils se sont tout hérissés, elle lui a craché à la figure et elle lui a donné un coup de griffes sur le museau. Il est resté tellement surpris! Jamie était fâché, car il était certain qu'elle avait blessé Vagabond. J'ai trouvé ça très drôle, à les voir de tailles si différentes, mais je dois dire que Vagabond se tient loin d'elle, depuis. En ce moment, elle est roulée en boule sur mes genoux, et elle ronronne si fort qu'on dirait que le son du ronronnement est trois fois plus gros qu'elle! C'est un peu compliqué d'écrire comme ça, mais je me débrouille. C'est tellement formidable d'avoir cette petite boule de poils à câliner. J'ai laissé Hannah la prendre, bien sûr, et maman l'aime beaucoup, aussi.

Le 2 juillet 1784

Nous nous inscrivons tous pour recevoir des terres, mais il y a pas mal de manigances dans l'air. Il paraît que certaines personnes veulent tout avoir. Papa dit que des officiers ont inscrit leurs enfants comme des officiers, afin de recevoir de plus gros octrois. L'un d'eux a même inscrit son bébé d'un mois comme major, et un autre a inscrit ses deux chiens comme ses propres fils!

Mitaine a décidé de jouer avec Vagabond. Le chien a l'air inquiet. Je crois qu'il a peur de se faire encore griffer le museau.

Le 8 juillet 1784

Enfin! Le tirage des lots va avoir lieu aujourd'hui. C'est dur d'attendre jusque-là!

Mitaine s'est endormie en petite boule, entre les

pattes de Vagabond. Je crois qu'il se prend pour sa mère, maintenant. C'est très drôle de les observer quand ils sont ensemble. Elle lui saute sur la queue quand il est endormi, et il se réveille et se lève d'un seul bond, prêt à attaquer. Puis, quand il s'aperçoit que ce n'est que la chatonne, il devient tout doux et tout gentil. Je n'aurais jamais cru qu'il puisse avoir si bon caractère.

Plus tard

Quelle journée! Cette répartition des lots était une affaire très compliquée, et il y a eu beaucoup de tapage et de cris. Même que deux hommes ont failli en venir aux coups parce qu'ils n'arrivaient pas à s'entendre.

Voici comment ça se passait. Les hommes tiraient d'un chapeau des bouts de papier, sur lesquels avaient été inscrits des numéros de lots, puis un arpenteur marquait sur la carte qu'il avait dessinée les lots obtenus par chacun. Les gens se mettaient alors à discuter entre eux afin d'obtenir les lots qu'ils convoitaient. Je pense que j'ai cessé de respirer jusqu'au moment où nous avons enfin su quel lot nous avions obtenu. Les officiers ont tiré les premiers et ont obtenu tous les lots situés au bord du fleuve. Après bien des intrigues, oncle Andrew et oncle Allan ont fini par obtenir des lots près du nôtre. Angus a réussi à obtenir un lot juste à côté du nôtre, et Duncan a pu échanger son lot pour un autre situé près du nôtre, lui aussi. La journée entière s'est passée à ces négociations et échanges, et papa est mort de fatigue, mais nous sommes tous très contents. Il y a un bon cours d'eau qui traverse toutes nos propriétés, et papa dit que c'est une bénédiction. On pourra avoir de l'eau sans être obligés de commencer par creuser un puits.

Le 9 juillet 1784

Je me demande si notre vie va enfin se calmer un jour et revenir à une petite routine bien tranquille. La confusion règne dans tout le campement, et nous faisons nos paquets, encore une fois. Nous avons reçu du gouvernement des vivres en quantité généreuse et, avec l'aide d'Angus et de Duncan, nous allons pouvoir tout transporter, même s'il faudra faire le trajet plusieurs fois. J'espère que ce n'est pas trop loin d'ici.

Nous sommes sur le point de partir. Maman m'appelle. La famille d'Hannah est déjà partie. Même si je sais qu'ils s'installent près de nous, j'ai bien peur que nous ne pourrons pas nous revoir avant un bon bout de temps.

J'ai remarqué qu'Angus et Molly ont mis beaucoup de temps à se faire leurs adieux. On dirait qu'Angus est aussi intéressé à elle qu'elle l'est à lui.

Je me demande si j'aimerais avoir cette autoritaire de Molly comme belle-sœur. Mais, si ça se faisait, Hannah serait aussi ma belle-sœur. Ce serait merveilleux.

Je dois y aller. Grand-maman ne me laisse pas deux minutes en paix. Angus m'a donné la cage dans laquelle il avait amené Mitaine, pour que je puisse la transporter. Elle n'est pas contente du tout, et Vagabond vient tout le temps la renifler. Il me regarde alors avec des yeux inquiets, l'air de se demander pourquoi nous avons emprisonné son amie.

Le 10 juillet 1784

Je n'ai pas le temps d'écrire, il y a trop à faire. Demain, je raconterai tout ce qui est arrivé. Et aussi, je suis très, très fatiguée. Nous avons tellement marché, aujourd'hui, que nous ne tenons plus debout.

Porc salé froid et galettes pour le souper, mais au moins, nous sommes arrivés. Je ne pourrais pas dire exactement où, mais nous y sommes. Et c'est sombre et isolé! Je garde Mitaine avec moi, dans la tente, à cause des animaux sauvages.

Le 11 juillet 1784

Nous avons monté nos tentes dans une petite clairière que papa et les garçons ont défrichée, et un grand feu brûle au milieu. Angus et Duncan ont tué quatre écureuils aujourd'hui, et maman est en train de les faire cuire en ragoût. À le sentir, j'en ai l'eau à la bouche, mais je me sens presque trop fatiguée pour manger. Je suis assise devant notre tente. Le brin de lilas de grand-maman est posé à côté de moi. Il a fini de fleurir, bien sûr, mais il est maintenant tout garni de belles feuilles vertes et il a l'air très content de lui-même. Enfin, on dirait presque. Une bien robuste petite chose, pour avoir survécu à tant de malheurs.

Nous sommes tous robustes, nous aussi. Mais épuisés.

Mitaine est en train d'attaquer une feuille avec toute la férocité dont elle est capable.

Maintenant, je vais raconter le voyage qui nous a amenés jusqu'ici.

Nous avons quitté le campement de Johnstown très tôt le matin, lourdement chargés de nos tentes et de tout le reste de notre équipement. Dieu merci, nous avions Angus et Duncan avec nous, et ils étaient capables de porter d'énormes charges. Malgré ça, ils devront faire encore un voyage ou deux.

Dès le départ, nous avons eu des problèmes. Papa avait assez bien exploré la région, mais il n'était pas certain de l'emplacement exact des lots qui nous avaient été octroyés. Il n'y avait aucune route, seulement des sentiers zigzaguant dans les broussailles et aucun bornage des terres. Finalement, après avoir longtemps cherché, nous avons fini par trouver les repères laissés par les arpenteurs. Mais c'était déjà rendu presque le soir, et nous étions fatigués d'avoir eu à nous frayer un chemin dans la forêt touffue. Nous avons laissé tomber nos paquets par terre, et papa a sorti les haches. Quelle déception quand il a découvert que les haches qu'on nous avait données n'étaient en fait que des hachettes. Pour faire les durs travaux qui nous attendaient, elles ne seraient jamais aussi efficaces que les grandes auxquelles il était habitué. Mais il n'y avait rien d'autre à faire que de s'en contenter.

Papa, Angus et Duncan se sont mis à l'ouvrage, et ils ont abattu des arbres et arraché de la broussaille, afin de dégager une clairière assez grande pour que nous y plantions nos tentes. Ça leur a pris pas mal de temps. Sincèrement, je crois que je n'ai jamais vu autant d'arbres. Et les moustiques étaient insupportables. Ils le sont encore, d'ailleurs, malgré la fumée qui s'élève de notre feu. Finalement, nous avons pu installer nos tentes. Angus et Duncan ont chacun une petite tente individuelle de soldat, et nous avons pour nous les deux grandes tentes qu'on nous a données à Johnstown.

Nous avons eu un repas frugal, comme je l'ai écrit hier soir, et nous sommes tous allés nous coucher dans nos tentes, sans aucune difficulté pour nous endormir. Comme matelas, nous n'avions que des bâches étendues sur des branches de sapin, mais personne ne l'a vraiment remarqué, tellement nous étions fatigués.

Ce matin, j'étais la première levée. Je suis sortie de notre tente, avec Mitaine dans les bras, et j'ai regardé le soleil se lever. Du moins, j'ai regardé le ciel s'éclaircir. Il y a tellement d'arbres que je ne pouvais pas voir le soleil lui-même, seulement les quelques rayons qui arrivaient à percer l'épaisseur du feuillage.

J'ai passé une demi-heure très agréable, avant que les moustiques se réveillent à leur tour. Je suis restée là à écouter les oiseaux commencer à chanter et à respirer de grandes bouffées d'air frais du matin, sentant bon le sapin, avec Mitaine qui s'amusait à jouer autour de moi.

Ça me faisait chaud au cœur.

Le 12 juillet 1784

Papa, Angus et Duncan ont passé la journée à explorer nos terres, pour décider de l'emplacement de notre cabane. Angus et Duncan vont nous aider à construire nos bâtiments, puis ils vont aller construire les leurs sur leurs propres terres.

Papa nous a amenés voir l'emplacement qu'il a choisi cet après-midi. C'est sur une petite butte, juste à côté du ruisseau.

« Est-ce que ça ira, Fiona? » a-t-il demandé à maman.

Il avait l'air tellement inquiet! Maman est restée sans rien dire pendant un bon moment, et je retenais ma respiration. Elle a regardé tout autour, puis elle l'a regardé.

« Ça va aller, Robert, a-t-elle finalement répondu. C'est un bon emplacement. »

J'ai laissé mes poumons se dégonfler et j'ai soupiré tellement fort que j'étais certaine qu'ils m'avaient entendue. Mais ils sont restés là, à se regarder dans les yeux. Puis maman s'est comme secouée et a pincé les lèvres.

« Mais je frémis juste à songer au travail qu'il y a à faire, a-t-elle dit. Il reste si peu de temps avant l'hiver. »

Le visage de papa s'est détendu, et il a fait un grand sourire. Puis il a entouré les épaules de maman de son bras.

« On peut y arriver, Fiona », a-t-il répondu.

Soudain, sa voix était dix fois plus sonore que celle qu'il a depuis que nous avons quitté Albany.

J'ai vu maman se détendre. Elle a même posé la tête sur son épaule.

« Oui, a-t-elle dit. Je pense que nous y arriverons. »

Il y a si longtemps que je ne les ai plus vus comme ça. Oh, j'aimerais tellement que ce soit signe que maman accepte enfin notre nouvelle vie. Je ne m'inquiète pas de la montagne de travail qu'il y aura à faire. Tout ce que je souhaite, c'est que nous soyons de nouveau heureux !

Au moment où j'écris ces lignes, je suis assise à l'endroit exact où nous bâtirons. Demain, nous commencerons à défricher.

Je ferme les yeux et j'entends le clapotis du ruisseau sur les pierres de son lit. Ce son va me rester dans les oreilles jusqu'à mon dernier jour !

Ouf ! Vagabond vient tout juste de me rejoindre sur la butte et de se secouer sur moi. Il était allé nager dans le ruisseau. Mitaine, toujours prudente, s'est placée en retrait, l'air complètement dégoûtée.

Je crois que cette odeur de chien mouillé va me rester dans le nez jusqu'au dernier jour de ma vie, aussi.

Le 13 juillet 1784

Nous nous sommes attaqués à la forêt, aujourd'hui. Nous tous, sauf grand-maman, qui est restée pour s'occuper du feu et pour nous préparer à manger.

Il y avait assez de hachettes pour équiper chacun de nous, sauf Jamie évidemment. Papa ne permet pas à Jamie de se servir d'une hache, à sa grande déception, et il a pour tâche de ramasser les branches que nous coupons et de les mettre en tas. Il ne m'a pas fallu longtemps pour apprendre à manier la hachette. Maman me l'a montré. J'ai été surprise de voir comme elle était experte.

« Ce n'est pas la première fois que j'aide à construire une maison, m'a-t-elle dit. J'avais à peu près ton âge quand mes parents ont construit la leur et que je les ai aidés. »

Puis elle s'est mise à l'ouvrage et, dans le temps de le dire, elle avait abattu, puis débité un petit arbre. Je m'y suis mise, avec elle. C'est un travail fatigant. Plus dur que tout ce que j'ai pu faire jusque-là dans ma vie. Quand nous nous sommes arrêtés et que nous sommes retournés au campement pour manger le porc grillé et les galettes que grand-maman nous avait préparés, j'avais mal aux bras et aux épaules. Pas autant que maintenant, même si grand-maman m'a fait une bonne friction avec une décoction de renouée.

Nous sommes retournés à notre chantier, après le dîner, et nous avons continué de travailler jusqu'au soir. Nous sommes tout courbaturés, et maman et moi, nous avons les mains toutes gercées, mais quand je regarde l'étendue de ce que nous avons réussi à défricher, je me sens remplie de satisfaction et de fierté. Je crois que c'est ce que nous ressentons tous. Maman a même recommencé à fredonner tout doucement, pendant qu'elle servait du pain frais et du porc salé froid.

Le 16 juillet 1784

Nous avons défriché suffisamment pour construire notre cabane et faire un petit potager. J'aide maman au sarclage, mais le sol est tellement plein de racines que c'est très pénible à faire. Nous avons fabriqué une clôture tout autour du jardin avec de petits arbres et des broussailles, pour empêcher les chevreuils et les autres animaux sauvages d'y entrer, mais il n'y a pas moyen d'enlever les souches et nous devons nous contenter d'en faire le tour. Papa avait raison de s'inquiéter de la saison déjà très avancée. Il est beaucoup trop tard pour semer du blé d'Inde ou pour planter des patates, mais maman dit que nous devrions pouvoir récolter un peu de fèves et de navets. Elle a retrouvé son enthousiasme d'autrefois. Son style « lève-toi et marche », comme dit grand-maman.

Nous défricherons plus grand de terre l'année prochaine, pour le blé, le blé d'Inde et le lin. Grand-maman pourra se remettre à filer la filasse du lin. Je vais l'aider – j'ai commencé à le faire à l'âge que Jamie a aujourd'hui. Ses mains sont trop vieilles pour supporter le travail de trempage et de battage des tiges de lin; alors, c'est moi qui le fais. Même pour moi, c'est un travail très dur. Ensuite, il y a le broyage des tiges, pour dégager la filasse, et le peignage de cette filasse, avant que grand-maman se mette à la filer. On peut ensuite tisser le fil. Avec un peu de chance, tante Norah aura son nouveau métier à ce moment-là. (Les Livingstone se sont installés au beau milieu de la ville – ou plutôt, de ce qui deviendra la ville – de Johnstown.) Je pense qu'elle va mêler fils de lin et fils de laine pour fabriquer une étoffe, pour faire des vêtements. Mais j'espère que nous aurons assez de lin pour qu'elle puisse aussi tisser une toile de lin pur, qui est beaucoup plus fine. Les rideaux de notre ancienne maison étaient en toile de lin.

Papa m'a aidée à choisir un endroit où planter mes pépins de pomme, et je les ai plantés soigneusement. Il faudra des années avant que les pommiers soient assez grands pour produire des fruits, mais je suis patiente.

Papa a fait un grand tas avec toutes les broussailles que nous avons arrachées, et il va les faire brûler, mais pas tout de suite. Tout est trop sec, et papa dit qu'un grand feu de broussailles serait dangereux. Nous avons déjà vu ce que ça donne, pendant notre voyage. Et encore, le sol était humide, cette fois-là. Alors, c'est évident qu'il a raison.

Demain, papa, Angus et Duncan vont commencer à construire la cabane.

Mes mains me font horriblement souffrir. Je suis sûre que celles de maman aussi, mais elle ne s'en plaint pas. Je ne vais donc pas me plaindre, moi non plus. Nous les frottons avec les onguents de grand-maman.

Le 17 juillet 1784

La cabane n'aura ni cave ni fondation. Mais Angus et Duncan ont creusé un trou pas trop grand qui sera accessible par une trappe arrangée dans le plancher et donnant sur une petite échelle. Ça nous servira de caveau à légumes. Ils ont aussi aidé papa à placer de grosses pierres aux quatre coins de la cabane, pour soutenir les murs. C'était difficile de déplacer ces grosses pierres sans le cheval pour les tirer, mais Angus et Duncan ont trouvé le moyen de le faire avec des cordes et des leviers. Ils sont très malins. Angus dit qu'ils ont appris cette manière de faire l'hiver dernier, quand ils travaillaient avec l'armée, à Cataraqui. Angus est tellement heureux de pouvoir recommencer une nouvelle vie ici, au Canada. Je lui ai demandé s'il regrettait Albany, et il m'a répondu : « Pas du tout! ». Je ne le crois pas totalement, mais je ne pense pas qu'il voudrait retourner en arrière, après avoir combattu du côté des Britanniques. Il ne reste là-bas que des gens qui le haïraient. Je ne sais pas ce que Duncan pense de tout ça, mais je n'ose pas le lui demander. Il travaille avec autant d'entrain qu'Angus, mais il n'a pas l'air d'être aussi heureux.

Nous avons quand même de la chance, de les avoir tous les deux pour nous aider. Les choses sont beaucoup plus faciles, comme ça.

En regardant les quatre coins de pierres, je m'amuse

à imaginer la jolie cabane bien confortable qui sera posée dessus. J'espère que papa va lui faire des fenêtres.

Le 18 juillet 1784

C'est dimanche, aujourd'hui, et nous n'avons pas travaillé à la construction de la cabane. Je voyais bien que papa était irrité de cette inactivité, alors qu'il y a encore tant à faire, mais grand-maman n'a pas voulu en démordre. Je me suis arrangée pour qu'elle ne me voie pas en train d'écrire ces lignes, et Angus a disparu tout de suite après le dîner. Je ne serais pas surprise qu'il soit en train de faire un peu de défrichage sur sa terre. D'après toi, cher journal, sommes-nous de grands pécheurs?

Le 19 juillet 1784

Le vrai travail commence aujourd'hui. Papa et les garçons ont commencé à abattre de grands pins pour faire les murs de bois rond de la cabane. Il faut d'abord abattre les arbres, puis les ébrancher et les couper de la bonne longueur. Ensuite, il faut tailler les bouts pour pouvoir former ensuite les emboîtements aux quatre coins de la cabane. Maman, Jamie et moi, nous ne pouvons pas faire grand-chose pour aider, sauf de traîner les pièces de bois jusqu'à l'emplacement de la cabane. Elles sont très lourdes, et nos trois paires de bras ne sont pas de trop pour les transporter. Je ne pensais jamais que je pourrais me retrouver encore plus courbaturée et plus égratignée que l'autre fois. Mais je le suis !

Le 21 juillet 1784

Les murs commencent à monter ! Papa dit qu'il va les faire assez hauts pour pouvoir aménager un grenier qui nous servira de chambre à coucher, à Jamie et à moi. Jamie et moi, nous avons trouvé une talle de framboisiers sauvages, dans une petite clairière qui est tout près d'ici. Je raffole des framboises, et il semble que Vagabond aussi. Jamie lui en a donné quelques-unes. Il a d'abord eu l'air de se demander ce qu'il devait faire avec ça, puis il a goûté et a décidé que c'était bon. Puis, comme Jamie ne lui en donnait pas assez vite à son goût, il s'est mis à aller les chercher lui-même. C'était tellement drôle de le voir les cueillir délicatement, une à une, du bout des babines. Et il avait l'air très habile à éviter les épines. En tout cas, beaucoup plus adroit que moi. J'ai les mains et les bras couverts d'égratignures, jusqu'aux coudes. Mais nous avons rapporté un plein seau. Si seulement nous avions de la bonne crème bien épaisse à mettre dessus !

Le 23 juillet 1784

On dirait que nous avons passé toute notre vie à tailler des troncs d'arbres, à les transporter et à travailler. Nous nous levons à l'aurore et nous tombons d'épuisement dans nos lits quand le soleil se couche. Nous sommes même trop fatigués pour parler. Papa s'arrête à peine le temps d'une petite pause, le midi. Il est de plus en plus soucieux, car il craint de ne pas pouvoir terminer la cabane à temps ni faire quelques réserves de légumes avant l'hiver.

« Il faut que nous ayons un bon abri contre le froid et, aussi, quelques réserves pour nous nourrir, a-t-il dit. Nous ne pouvons pas compter entièrement sur les vivres fournis par le gouvernement. »

Puis Jamie nous a fait très peur, quand il a décidé qu'il pouvait, lui aussi, couper du bois. Avant que quiconque ait pu s'en apercevoir, il avait soulevé une hachette à bout de bras et en avait donné un bon coup dans un des troncs abattus. Évidemment, il n'était pas tout à fait assez fort. La hachette a glissé sur le tronc et est retombée sur son pied. Il avait la botte trouée et le pied légèrement blessé. Il y avait énormément de sang pour une si petite coupure, et Jamie était sûr qu'il allait en mourir. Maman n'a pas attendu que grand-maman le fasse; elle lui a, elle-même, donné une grosse tape.

Papa était furieux.

« C'est déjà assez qu'il ne nous reste que quelques mois pour nous préparer à affronter l'hiver. Nous ne pouvons pas nous permettre d'avoir des accidents. »

Je l'ai rarement vu dans une telle colère. Je crois que c'est parce qu'il est trop inquiet.

Heureusement qu'il y a grand-maman pour nous cuisiner de bons soupers tous les soirs et de gros déjeuners tous les matins. J'ai les mains tellement couvertes de corne et de gerçures que ça me fait mal quand je l'aide à faire la vaisselle. Elle me les frotte avec de la graisse d'oie, mais ça ne change pas grand-chose. Je ne serais certainement pas capable de piquer une courte-pointe, en ce moment.

Le 24 juillet 1784

Nous avons trouvé des charançons dans la farine, ce matin. C'est à moi qu'on a demandé de les enlever. Charançons ou pas, on va la manger. C'est tout ce que nous avons de farine jusqu'au prochain approvision-nement. S'il y en a un prochain! Papa ne le dit pas, mais il le pense, j'en suis sûre.

Le 26 juillet 1784

Quelle journée terrible! J'en tremble encore, juste à l'écrire ici. Jamie et moi, nous avons trouvé une talle de bleuets dans une clairière rocheuse, au bord du ruis-seau. Je savais que nous étions rendus trop loin de chez nous, mais il faisait tellement beau, et j'étais d'humeur à explorer. Maman nous avait envoyés cueillir des petits fruits, et je me sentais tellement soulagée de ne pas avoir à travailler. Quand nous avons trouvé la talle de bleuets, nous nous sommes aussitôt mis à en cueillir, et j'ai perdu la notion du temps.

« Je pense qu'il est tard, Mary », m'a soudain dit Jamie.

J'ai levé les yeux pour regarder le ciel. Nous vivons tout le temps au milieu de la forêt, où il fait toujours un peu sombre, et je m'y suis habituée. Mais là, je me suis rendu compte que la clairière était maintenant dans l'ombre et que le soleil était très bas à l'horizon. Nos seaux étaient remplis à ras bord et nous avions mangé des tonnes de bleuets, alors j'ai sifflé Vagabond pour retourner chez nous. Mais Vagabond n'est pas revenu, et Jamie refusait de rentrer sans lui. Jamie l'a sifflé et il l'a appelé par son nom, mais sans succès pendant très longtemps. Puis, soudain, le chien a surgi d'une touffe de buissons toute proche, la queue entre les jambes et l'air mort de peur. Il a couru vers Jamie et il s'est frotté contre ses jambes, puis il a tourné la tête vers les buissons et il s'est mis à grogner. Il avait le poil tout hérissé sur l'échine et il montrait les crocs.

« Cours, Jamie! » ai-je alors crié.

Nous avons aussitôt déguerpi par le sentier qui menait chez nous, avec Vagabond sur nos talons. Puis j'ai entendu un grand bruit de branches cassées, derrière nous.

Un ours! C'était un ours! Sans prendre le temps d'y réfléchir, j'ai pris mon seau de bleuets et je l'ai lancé sur le sentier.

« Tes bleuets, Jamie! Jette tes bleuets. »

Il l'a fait, mais il a eu la présence d'esprit de garder son seau, lui.

Les bruits de poursuite se sont arrêtés, mais

Vagabond a continué de se retourner régulièrement pour grogner, et nous avons couru à toutes jambes jusque chez nous.

Maintenant, maman nous a défendu de retourner cueillir des petits fruits, sauf derrière la cabane. Ça veut dire que nous ne mangerons plus de bleuets, car il n'en pousse pas ailleurs que dans cette clairière rocheuse, au bord du ruisseau. J'ai de la peine quand je pense aux tartes aux bleuets dont nous devrons nous passer. Angus a dit que je devrais plutôt m'en faire à cause du bon seau que j'ai perdu, mais il a dû ensuite se sentir peiné pour moi, car il a été exceptionnellement gentil, au souper.

Le 30 juillet 1784

Il y a tant d'ouvrage à abattre, et je suis si fatiguée le soir que je ne suis pas capable d'écrire dans mon journal aussi souvent que je le souhaiterais. La cabane commence à prendre forme. Papa dit qu'il y aura deux petites fenêtres, une de chaque côté de la porte. Il va découper les ouvertures quand tous les murs auront été montés. Lui et les garçons sont en train de poser les madriers qui formeront le plafond de la grande pièce et le plancher de notre grenier. Demain, nous allons commencer à construire la cheminée. Jamie et moi, nous devons trouver de belles pierres plates pour monter le foyer et, aussi, de petits bâtons qui, empilés avec de la boue, serviront à construire la cheminée elle-même.

Quand ce sera terminé, papa dit qu'il va recouvrir la cheminée avec de l'argile, en dedans et au dehors.

Le 2 août 1784

Difficile de croire que l'été tire déjà à sa fin! Mais nous aurons notre cabane de bois rond pour nous abriter pendant l'hiver.

« J'ai bien peur que nous ne pourrons pas avoir de plancher de bois pour cette année, Fiona, a dit papa. Mais l'année prochaine, c'est promis! »

Maman s'est contentée de secouer la tête.

« Je peux attendre pour le plancher de bois, aucun problème, a-t-elle dit à papa en lui faisant un grand sourire. C'est une très belle cabane que tu nous a construite, Robert. »

Maman sourit souvent, ces derniers temps, et elle est presque redevenue celle qu'elle était. Ça me soulage beaucoup!

Même si papa et maman travaillent tout le temps très fort, ils sont beaucoup plus heureux qu'ils ne l'étaient l'hiver dernier. De ne rien pouvoir faire pendant ces longs mois, c'était bien pire que d'avoir trop à faire comme maintenant, je crois. Ils n'ont vraiment pas l'habitude de rester à rien faire!

Maintenant, pourvu que nous réussissions à nous réapprovisionner…

Le 10 août 1784

On monte le toit, aujourd'hui! Seulement de l'écorce, pour cette année, mais, l'année prochaine, papa va en faire un meilleur. Pas de vitre dans les fenêtres, non plus. Le papier huilé suffira. Et pas de porte, tant que papa n'aura pas de scie pour la faire. Nous avons sacrifié une des couvertures qu'on nous a données et nous l'avons accrochée dans le chambranle de la porte. J'espère vraiment que nous allons avoir notre porte avant que l'hiver arrive!

Jamie et moi, nous aidons à boucher les fentes entre les pièces de bois avec des branchettes et de la mousse, et papa va recouvrir le tout avec de l'argile, là aussi.

Le 17 août 1784

La cabane est terminée, et papa a construit des latrines, dehors, à l'arrière. Plus besoin d'aller dans les bois, en pleine nuit, Dieu merci! J'imaginais toujours toutes sortes d'animaux sauvages cachés derrière les buissons, quand je devais y aller. La cabane a l'air tellement rassurante et confortable, toute blottie sous les grands arbres. Et penses-y, cher journal, j'ai participé à sa construction! J'ai même participé à la construction des latrines!

Angus et Duncan ont commencé à construire une cabane, chacun sur sa propre terre, mais ils vont continuer de vivre sous la tente en attendant qu'elles soient terminées.

Papa nous fabrique des meubles. Il a construit des couchettes contre les murs du grenier, pour Jamie et moi, et aussi deux grands lits dans la pièce principale : un pour maman et lui, et l'autre pour grand-maman. Maman a sa couette, qui a fait tout le voyage jusqu'ici avec nous, mais nous autres, nous devrons nous contenter de couvertures étendues sur des branches de sapin, jusqu'à ce que nous puissions ramasser de la paille ou avoir suffisamment de feuilles de blé d'Inde, l'automne prochain, pour nous faire des paillasses. Plus tard, quand nous aurons de nouveau des oies, nous pourrons avoir notre couette, nous aussi. Mais ce n'est pas pour tout de suite.

Maman a fabriqué un rideau avec le tissu que nous avons reçu, et on peut le tirer au milieu de la grande pièce pour que papa et elle retrouvent un peu d'intimité, la nuit. (Pas de nouvelle robe pour moi!)

Nous allons utiliser des souches, en guise de tables et de bancs. Ces satanées souches vont donc finalement servir à quelque chose.

Angus est venu nous voir aujourd'hui, pour nous raconter comment allait la construction de sa petite maison, et il nous a apporté des assiettes et des cuillères qu'il a taillées au couteau dans du bois de peuplier. Ça tombe bien, car nous n'avons que quelques assiettes et bols de faïence. Le beau plat de porcelaine de maman trône maintenant sur une tablette que papa a installée exprès, et elle ne veut l'utiliser que pour les grandes occasions.

Angus dit que lui et Duncan ont vu un ours hier. Je me demande si c'est celui qui nous a pourchassés, Jamie et moi. Angus dit que, s'ils le revoient, ils vont l'abattre et que ça nous fera de la viande d'ours à manger pour tout l'hiver. Je pense que ce n'est pas une bonne idée qu'Angus essaie d'abattre un ours, et je le lui ai dit.

« Ce n'est pas dangereux? lui ai-je demandé.

— J'ai abattu des créatures bien plus dangereuses que ça, Mary », m'a-t-il répondu, le visage soudainement rempli de tristesse.

Je crois qu'il a tué plusieurs hommes pendant la guerre. Je n'y avais jamais réfléchi. Mon propre frère. Et Duncan aussi. Je n'ai pas vraiment envie de penser à ce genre de choses.

Angus a aussi apporté des plumes à écrire que Duncan a taillées dans les plumes d'une espèce de dindon sauvage qu'il a trouvé. Il paraît que Duncan a remarqué ma manie d'écrire, et il a pensé que ça pourrait m'être utile. C'est très gentil de sa part.

Le 30 août 1784

Nous nous sommes installés dans la cabane! Nous voilà enfin dans notre petite maison. C'est bien loin de l'espace et du confort de notre maison d'Albany, évidemment, mais j'ai quand même du mal à trouver les mots pour décrire l'immense joie que j'éprouve. Le feu rougeoie. Vagabond est étendu devant le foyer et il ronfle, et Mitaine est roulée en boule à côté de moi et elle ronronne. Je me sens vraiment chez moi.

Dès que nous avons été installés, grand-maman a insisté pour qu'on plante son brin de lilas. Papa a creusé un trou juste à côté du seuil de notre porte, puis je suis allée remplir un seau d'eau au ruisseau, et je suis revenue arroser le lilas. Ses feuilles sont un peu tombantes, et il fait un peu pitié à voir, mais il a quand même l'air de vouloir survivre. Inimaginable! Nous aurons du lilas devant notre porte, au printemps prochain.

Maman nous a cuisiné un festin pour le souper, sur le feu de notre foyer. Angus et Duncan avaient abattu un chevreuil dans la forêt, et nous nous sommes régalés du plus délicieux, du plus savoureux, du plus délectable rôti de viande sauvage que j'ai jamais mangé. C'était tellement bon! Grand-maman avait fait cuire du pain. Je l'ai mangé en essuyant mon assiette jusqu'à la dernière goutte de sauce. Nous n'avons pas de beurre, mais ça ne me dérangeait même pas.

Grâce à la récolte que nous avons rapportée, Jamie et moi, nous avons, pour le dessert, du pouding aux framboises, servi sur le beau plat de porcelaine de maman. C'est sûrement le plus merveilleux repas de toute ma vie.

Avant de commencer à manger, nous nous sommes mis tout autour de la table, en nous tenant par la main, et nous avons remercié Dieu pour tout ce que nous avons. C'est beaucoup et, en plus, nous avons la chance d'avoir pu nous rendre sains et saufs jusqu'ici.

Quelle surprise, aujourd'hui! J'étais en train de sarcler notre potager pour le débarrasser de ces satanées racines et je disais tout bas des mots que grand-maman ne veut pas entendre, quand Vagabond s'est mis à japper. J'ai levé la tête, et il y avait deux Indiens devant moi! Nous savions qu'il y avait des villages indiens dans les parages, mais ces gens ne nous avaient jamais donné signe de vie, jusque-là. Mais, comme on nous a assurés qu'ils étaient pacifiques et qu'ils étaient d'accord pour partager leur territoire avec nous, nous n'avons pas eu peur quand ces deux-là se sont présentés. Papa a essayé de leur parler, mais ils sont de la tribu des Mississauga, et papa ne connaît pas leur langue. Mais ils nous ont très bien fait comprendre le but de leur visite. Ils ont jeté par terre des sacs remplis d'épis de blé d'Inde fraîchement cassés. C'était pour faire du troc avec nous et, cette fois-ci, nous avions quelque chose à leur offrir en échange. Maman leur a donné un plein sac de farine. Les charançons ne semblaient pas les déranger. Quand ils se sont rendu compte que nous n'avions rien pour moudre le blé d'Inde, ils ont montré à papa comment le faire en évidant le haut d'une souche et en écrasant le blé d'Inde dedans avec une pierre attachée au bout d'un long manche de bois.

Au printemps prochain, nous allons sans doute construire un moulin sur la rivière, mais, en attendant, nous devrons nous contenter de ce système.

Papa a l'air de très bien s'entendre avec eux. Je ne sais pas comment il s'y est pris pour arriver à les comprendre, mais il nous a dit que les Indiens l'emmèneraient pêcher avec eux sur le fleuve, demain soir. Ils ont d'énormes canots, dans lesquels environ dix hommes peuvent s'asseoir, et ils mettent un flambeau à la proue pour attirer les poissons. Ils les attrapent en les harponnant avec de longues lances à trois dents. Papa est très excité à l'idée de cette expédition. Comme j'aimerais y aller, moi aussi, mais je sais qu'il vaut mieux ne pas en parler. Angus et Duncan vont sans doute y aller, eux.

Le 7 septembre 1784

Hier soir, papa est revenu à la maison avec un panier rempli de poissons, et nous avons eu du poisson bouilli pour le souper. Il dit qu'il retournera à la pêche avec les Indiens. Nous serons donc bien approvisionnés en poisson, et nous pourrons même en saler pour nous faire des réserves en prévision de l'hiver. Papa dit aussi qu'ils vont lui montrer à fabriquer des mocassins avec de la peau de chevreuil – après l'avoir tannée, bien sûr. Nous aurons donc quelque chose pour nous couvrir les pieds cet hiver.

Ce sera amusant de porter des mocassins indiens! Et beaucoup plus joli que de grosses bottes tout usées.

Ça nous soulage un peu de savoir que nous aurons de bonnes réserves de poisson et de gibier pour passer l'hiver, même si nous ne récolterons presque rien de notre potager.

Le 13 septembre 1784

Juste au moment où ça commençait à bien aller – comment ai-je pu être aussi stupide! J'aidais maman à faire le lavage et j'étais en train de vider la grande marmite d'eau bouillante. J'en ai renversé sur ma jambe et je me suis fait une grosse brûlure. Je suis maintenant assise, la jambe enduite de pommade d'aunée préparée par grand-maman et tout enveloppée de linges. Mais ça fait encore tellement mal que je ne peux pas arrêter de pleurer. Heureusement que Mitaine a bondi de là juste à temps. Je ne l'aurais pas supporté, si je l'avais ébouillantée, elle aussi.

Je pensais que d'écrire dans mon journal me ferait du bien, mais ça n'aide pas. Je tenterai de m'y remettre, plus tard.

Le 14 septembre 1784

Ma jambe me fait encore incroyablement mal, mais nous avons eu la plus belle des surprises, aujourd'hui. Ça m'a réconfortée, malgré mon état.

Ce matin, maman était en train de travailler au potager et papa était occupé à défricher, comme d'habitude. Angus était venu aider, même s'il lui reste encore plein de choses à faire sur son propre lot. Il venait tout juste de m'aider à m'installer sur le seuil, pour que je prenne un peu l'air et que je surveille Jamie. Pour une fois, il ne m'avait pas taquinée du tout – je crois qu'il est vraiment peiné pour moi. Soudain, nous avons entendu le pas d'un cheval. Nous avions peine à le croire, mais c'était bien vrai. Un cavalier a émergé de la forêt. C'était oncle Allan Ross! Il est venu nous porter des nouvelles de sa famille et voir comment nous allions. Je n'ai jamais eu autant de plaisir à revoir quelqu'un. Je ne pouvais pas m'arrêter de parler. Je lui ai demandé comment allait Hannah, si leur cabane était maintenant terminée, et des milliers d'autres choses. Je lui ai même demandé comment il avait fait pour se procurer un cheval, et où il l'avait trouvé. Grand-maman a dit que c'était une bonne chose que je ne puisse pas bouger, sinon j'aurais probablement sauté sur le pauvre homme. C'est vrai, je l'aurais probablement fait.

Bon, passons. Il nous a dit qu'oncle Andrew et tante Norah ont construit une cabane très semblable à la nôtre, et qu'Hannah va bien. Il vit avec eux jusqu'à ce que sa cabane à lui soit construite. Hannah m'a envoyé un mot, et je l'ai ici, à côté de moi. Et je le relis sans cesse. Elle écrit exactement comme elle parle : ses phrases se déroulent et se déroulent, les unes après les autres, et semblent ne jamais pouvoir s'arrêter. Oh, comme elle me manque!

Oncle Allan et papa ont organisé une corvée de défrichage, et ça commencera par chez nous. Avec d'autres hommes, ils vont préparer les défrichements du printemps. Tous les arbres qui sont trop gros pour être abattus à la hache vont être écorcés sur une certaine hauteur, tout autour du tronc, ce qui les fera mourir pendant l'hiver. Aussi, comme il a pas mal plu ces derniers temps, ils pensent qu'il n'y a aucun danger à faire brûler toute la broussaille et les arbres que nous avons déjà abattus. Ils vont tous venir ici dans environ une semaine et, ensuite, papa et les garçons iront chez les Ross, puis chez chacun des autres voisins qui auront participé à la corvée. L'automne va être très occupé!

Et la meilleure de toutes les nouvelles : oncle Allan m'a dit qu'Hannah et toute la famille viendraient aussi.

Oncle Allan dit qu'il n'a pas réussi à se procurer seulement un cheval, mais aussi un chariot. Ils vont essayer d'élargir le sentier qui traverse la forêt pour que le chariot puisse y passer. Ça facilitera les travaux, et oncle Allan dit qu'on lui a donné de l'équipement à nous apporter! Le gouverneur Haldimand a tenu parole, et de nouveaux approvisionnements viennent d'arriver à Johnstown, à distribuer aux colons. Le visage de papa s'est soudainement éclairé, à entendre cette nouvelle, comme si tous les tourments du monde venaient de lui être enlevés des épaules.

Le 15 septembre 1784

Tous les autres travaux ont été suspendus, et papa, Angus et Duncan concentrent leurs efforts sur la construction de la nouvelle route. Du matin jusqu'au soir, l'air résonne du bruit des coups de hache. Ils ne s'arrêtent même pas pour le dîner et ils se contentent de grignoter un bout de pain et du fromage qu'ils emportent avec eux, en partant le matin. Au moins, ils ont de meilleures haches, maintenant. Oncle Allan leur a apporté de grandes haches à double tranchant.

Je suppose qu'oncle Allan et oncle Andrew travaillent aussi très fort, à l'autre bout de la route. Bientôt, nous aurons une route qui nous reliera aux Ross, et j'espère qu'un jour, nous aurons une route qui nous mènera jusqu'à Johnstown. Oncle Allan dit qu'ils ont construit une église et que monsieur Murchison y dit la messe, le dimanche. Ce serait tellement agréable de pouvoir y aller. Nous nous sentirions tellement moins isolés, si nous pouvions rencontrer nos voisins de temps en temps.

Oncle Allan avait tout plein de nouvelles à nous rapporter. Il paraît que Johnstown grandit à vue d'œil. Il y a déjà quelques vraies maisons, en plus de l'église. On prévoit construire une école l'an prochain. Ce serait merveilleux si on demandait à papa d'y enseigner! Comme monsieur Mitchell est parti à Cataraqui, je ne vois pas qui d'autre pourrait le faire. Je crois que papa y a pensé lui aussi, car il est devenu tout songeur quand oncle Allan a parlé de ça.

Le 20 septembre 1784

Ma jambe va beaucoup mieux et je suis maintenant capable de marcher un peu. Ça fait encore mal et c'est très laid à voir, tout rouge et tout galeux. Je crois que je vais en garder des cicatrices pour le restant de mes jours. Au moins, il n'y a que moi qui puisse voir mes jambes.

Le 24 septembre 1784

Nous nous préparons pour la corvée de défrichage. Nous devons prévoir d'énormes quantités de nourriture. Maman, grand-maman et moi, nous cuisinons du matin jusqu'au soir. Jamie est tout le temps dans nos jambes, bien sûr, et il se trempe les doigts dans tous les plats, si nous ne le surveillons pas bien. Grand-maman lui a tapé sur les doigts plusieurs fois et elle est en train de perdre patience. Gare à lui!

Le 27 septembre 1784

La corvée de défrichage avait lieu aujourd'hui. Quel énorme travail et quel immense partie de plaisir! Et par-dessus tout, Hannah et sa famille ont apporté leur tente et vont coucher ici. Mais Hannah, elle, ne couchera pas sous la tente! Maman lui a donné la permission de partager le lit avec moi, ce soir. Nous avons parlé ensemble comme deux vraies pies. Il n'y a pas de mots pour dire combien j'étais heureuse de la revoir. Elle est recroquevillée à côté de moi pendant que j'écris, et elle s'est finalement endormie. Les paupières me tombent, à moi aussi, tellement je suis fatiguée, mais je voulais écrire ceci avant de m'endormir. Je raconterai demain comment s'est passée la corvée, et aussi tout ce qui est arrivé de bien, en même temps.

La maison est pleine de ronflements!

Le 28 septembre 1784

C'était tellement dur de dire au revoir à Hannah, aujourd'hui. Mais maintenant qu'il y a une route pour aller d'une maison à l'autre, je suis sûre que nous pourrons nous voir plus souvent. Du moins, avant que la neige commence à tomber.

Maintenant, je vais raconter tout ce qui s'est passé.

D'abord, je vais commencer par dire ce qu'oncle Allan et oncle Andrew nous ont apporté. Quand oncle Allan a dit qu'on lui avait donné de l'équipement pour nous, il s'était gardé d'en dire plus. Voici ce que c'était :

– d'autres outils pour papa, y compris une bonne scie, qui va être très utile, au printemps prochain, pour abattre les arbres que nous avons écorcés; et aussi pour fabriquer une porte;

– d'autres munitions pour le mousquet de papa, dont il avait besoin de façon urgente;

– deux faux et une faucille, pour moissonner;

– une herminette, pour fendre les bardeaux de bois dont papa a besoin pour couvrir le toit.

Et un tas d'autres choses pas très excitantes, mais très utiles.

Mais voici la partie la plus intéressante : il a apporté un rouet pour grand-maman, avec deux toisons de mouton. Grand-maman est au septième ciel! S'il n'y avait pas déjà eu tant à faire aujourd'hui, je suis certaine qu'elle se serait aussitôt mise à filer.

Et il a apporté des poules! Une cage avec quelques poules et un coq, juste pour nous. Papa va leur bâtir un poulailler, pour la nuit, pour les protéger contre les renards, mais le jour, elles pourront picorer dans la cour. J'avais peur que Mitaine se mette à les pourchasser, mais elle a peur des poules. J'ai très hâte d'avoir un œuf. Je ne me rappelle même plus la dernière fois où j'en ai mangé.

Angus et Duncan sont arrivés en même temps que les Ross, et ils les ont aidés à décharger leur chariot. Au moment où nous terminions, les autres ont commencé à arriver. C'était tellement agréable de revoir tous ces gens que nous avons connus à Yamachiche, l'hiver dernier. Certains sont venus en chariot et d'autres, à pied. Les hommes avaient tous emporté des haches et des scies, et les femmes, de quoi manger.

Les Livingstone étaient tous entassés dans un seul chariot, et maman et madame Livingstone étaient très heureuses de se revoir. Leur petite trottine partout, et maman ne pouvait pas s'empêcher de rire, à la regarder faire.

Les Calder sont venus, et Alex est devenu rouge comme une pivoine quand il a aperçu Hannah. Elle a fait semblant de ne pas le voir, mais ses yeux se sont quand même mis à pétiller quand elle l'a aperçu. Évidemment, elle a dit que ce n'était pas vrai, quand je le lui ai fait remarquer, pour la taquiner.

Les Stanton et les Hoople sont venus, aussi, et j'étais contente de revoir Annie et Flossie, mais tout de même pas autant qu'Hannah. Monsieur Snyder est venu avec Danny. Danny est toujours aussi idiot.

Les hommes riaient et parlaient fort tous ensemble, quand ils ont commencé à ramasser les broussailles et les petits arbres que papa, Angus et Duncan avaient coupés. Ils ont fait un grand tas et ils ont mis le feu dedans. Quelle belle flambée! Puis ils sont partis défricher encore plus grand de terrain.

Entre-temps, dans la cabane, maman, grand-maman, Hannah et moi, nous étions occupées à cuisiner. Nous savions que tous ces hommes allaient être affamés quand ils auraient terminé leur travail. Nous avions raison! Ils ont travaillé sans faire de pause jusqu'au début de l'après-midi, et nous aussi. Ils ont fait brûler toute la broussaille, tous les petits arbres et toutes les têtes et les branches des grands arbres qu'ils avaient abattus. Il ne restait plus qu'à s'occuper des gros troncs noircis en surface. Ils ont fendu assez de bois pour que nous en ayons tout l'hiver et, quand il n'est plus rien resté à brûler, ils étaient tout noirs de suie. Maman n'était pas très contente, car un pichet de whisky est apparu, après l'ouvrage, et que tous les hommes se le sont passé sans aucune retenue. Papa n'en a pas pris. Je crois que le souvenir de la dernière fois où il a bu du whisky l'a arrêté. Ni Angus, ni Duncan n'oseraient boire de whisky en présence de maman, mais d'autres l'ont fait sans aucune gêne. Monsieur Snyder était pas mal soûl, et je ne serais pas surprise que cet idiot de Danny en ait calé un ou deux bons coups. Il avait l'air encore plus idiot que d'habitude, quand est venue l'heure de se laver. Dans la clairière, près de la cabane, nous avions placé des troncs d'arbres et des souches, pour que les gens puissent s'asseoir, et une cuve de savon liquide, à côté de grandes bassines d'eau fraîche qu'Hannah, les autres filles et moi étions allées puiser au ruisseau.

« Ne soit pas si sévère, Fiona, a dit grand-maman. Ces hommes ont travaillé fort et ils méritent une récompense. Regarde tout ce qu'ils ont abattu d'ouvrage pour nous. »

Il y a aussi une grande cuve de cendre, avec laquelle on doit fabriquer de la lessive, qui servira ensuite pour le savon, la potasse et les latrines. Les latrines ne sentent jamais bon, même si on y met beaucoup de lessive, mais ça aide quand même un peu.

Nous avons transporté beaucoup de chaudrons de soupe, de ragoût de porc-épic et d'écureuil, et de porc salé grillé. Les hommes engouffraient tout, dès l'instant où nous déposions les mets sur la table. Nous avions aussi du poisson bouilli, grâce aux pêches de papa et des Indiens, ainsi que des rôtis d'un chevreuil qu'oncle Andrew Ross a abattu. Madame Livingstone et tante Norah avaient apporté des dizaines de miches de pain et, bien sûr, grand-maman et maman en avaient fait cuire aussi. Quand tout le monde a été servi, nous sommes allées les rejoindre, et ç'a été toute une fête.

Quand le repas a été terminé, monsieur Stanton a sorti son violon, et la danse a commencé. J'ai vu Danny se diriger vers moi, visiblement dans l'intention de me demander de danser avec lui, mais, heureusement, Duncan l'a battu de vitesse et depuis, je fais bien attention d'éviter Danny. J'ai dansé avec Duncan jusqu'à en avoir le vertige. Il est tellement galant. Il ne me traite pas du tout de la même manière qu'Angus, comme la petite sœur ennuyeuse. Mais il a quelque chose… Même quand il danse, il sourit de la bouche, mais ses yeux restent tristes. Je me demande si c'est seulement parce que sa famille lui manque.

Angus et Molly n'ont pas arrêté une seule minute de se regarder dans les yeux.

« Il y a du mariage dans l'air pour le printemps prochain », a dit madame Livingstone, tandis que maman et tante Norah échangeaient un sourire entendu.

Un loup vient de hurler. Quel son lugubre! Mais ce soir, je ne me sens pas seule du tout. Je suis tellement contente d'être dans cette petite maison toute chaude et confortable, avec ma famille qui m'entoure et en sachant que de bons voisins sont tout près. La route qui nous permet de les rejoindre fait toute la différence.

Grand-maman est aux petits oiseaux. Elle passe toute la journée à filer avec son rouet. Celui-ci est encore meilleur que celui qu'elle avait à Albany. Elle peut s'y asseoir, et il a une pédale qu'on actionne avec le pied pour faire tourner la grande roue et aussi une bobine de bois qu'on peut retirer. Je carde les toisons, ce qui les nettoie et les peigne, et elle file ensuite la laine. Elle a demandé à Jamie de préparer les écheveaux sur le cadre. Il doit faire exactement quarante tours, mais je sais qu'il ne compte pas toujours correctement.

Je sais filer avec le fuseau, bien sûr, comme toutes les filles, mais grand-maman va me montrer à filer au rouet, maintenant. Je vais avoir de la laine pour me tricoter de bonnes mitaines bien chaudes pour l'hiver prochain. Et maman a dit qu'elle me montrerait à tricoter des bas. Je ne sais pas encore bien faire le talon.

Papa est en train de fabriquer un métier à courte-pointe pour maman, et grand-maman dit qu'il est grand temps que je commence à faire des courtepointes pour mon trousseau de mariage. Mon mariage! Quelle idée! Heureusement, il me reste encore quelques années avant que ce moment arrive, mais toutes les filles doivent avoir deux ou trois courtepointes de prêtes, avant le grand jour. Il va falloir que j'apprenne à piquer beaucoup plus vite, sinon je devrai reporter mon mariage à beaucoup plus tard.

Nous serons très occupés, cet hiver. Pas comme l'an dernier! Il ne me reste plus qu'à retourner à l'école, et je serai parfaitement heureuse.

Le 3 octobre 1784

Aujourd'hui, nous avons eu la surprise de voir arriver un cavalier chez nous. C'était monsieur Murchison, notre pasteur et, comme c'était dimanche, il a célébré l'office pour nous, à la maison. Il va rester pour la nuit, puis il partira visiter d'autres familles de la même façon. Il nous a annoncé que la route se rendrait jusqu'à la ville, au printemps prochain. Il y aura aussi un moulin à scie et un moulin à farine, et la construction de l'école est presque terminée. Et – écoute bien, cher journal – on aimerait que papa soit le maître d'école! Monsieur Murchison a demandé à papa d'y réfléchir, mais ce n'était pas vraiment nécessaire. Le regard de papa est devenu aussi lumineux que l'arbre de Noël de nos voisins allemands, à Albany. Il est en train de chanter une marche militaire à tue-tête, pendant que j'écris ces lignes.

Oh, non! Plus maintenant. Monsieur Murchison vient juste de rentrer, et papa s'est aussitôt mis à chanter un psaume, d'une voix toute douce. Mais ça paraît quand même qu'il est drôlement content!

Ce n'est pas tout! Papa recevra, en guise de salaire, une vache, un couple d'oies, deux agneaux et un cochonnet. Que peut-on demander de plus?

Le 4 octobre 1784

Grand-maman et moi, nous sommes allées cueillir des plantes, aujourd'hui. Nous allons les attacher en bouquets et les faire sécher, suspendues la tête vers le bas, près du foyer.

Le 6 octobre 1784

En écrivant la date d'aujourd'hui, je me suis rendu compte que ça fait exactement un an que j'ai commencé à écrire ce journal. Un an, depuis le jour sinistre où ils ont brûlé l'école, là où nous habitions, à Albany.

Il s'en est passé des choses, depuis. J'ai même l'impression que je ne suis plus la même fille. Trop de choses sont arrivées. Trop de choses ont changé. Nous avons supporté tant d'épreuves. Les temps à venir seront aussi durs, j'en suis certaine, mais je regarde autour de moi et j'aperçois une maison, et un début de potager et de champs, là où il n'y avait que de la forêt, il y a peine quelques mois. Et tout autour de nous, il y a d'autres maisons et d'autres cabanes qui se bâtissent, d'autres potagers et d'autres champs qu'on commence à cultiver. Je ne peux pas les voir, mais je sens qu'ils sont là. Nous ne sommes pas seuls. Nous avons survécu, nous, les Loyalistes. Nous sommes un peuple fort.

Et tu sais quoi, journal? Maman vient de me confier, il y a deux minutes à peine, que nous allons avoir notre premier bébé né au Canada, au printemps prochain. Nous sommes ici pour y rester.

Angus est venu faire un tour, ce matin, et il a dit qu'il voulait que nous venions voir la cabane qu'il a construite. Maman a donc préparé un repas à emporter, et nous sommes partis. Grand-maman n'est pas venue, mais tous les autres, oui, y compris Vagabond, bien sûr. Mitaine était déjà partie de son côté, et c'était tant mieux, car je ne voulais pas qu'elle me suive. Elle devient très indépendante et c'est une excellente chasseuse de souris. Mais encore câline, quand elle en a envie. Heureusement, car j'aime tellement la câliner.

Quand nous sommes arrivés à la maison d'Angus, Duncan était là à nous attendre. C'était agréable de le revoir. La maison d'Angus est très petite et elle n'a aucune fenêtre. Elle est à peine plus grande que le poulailler que papa a construit pour nos poules, et il n'y a qu'un trou dans le toit, pour laisser sortir la fumée, à la place d'une vraie cheminée. Mais Angus en est très fier. Et il a raison de l'être. C'est douillet et bien bâti, et je suis sûre que ce sera très confortable, en hiver. L'été prochain, évidemment, il faudra qu'il construise une vraie cabane de bois rond, surtout s'il a l'intention de se marier. Mais ça, je n'ose pas lui en parler.

Duncan voulait, lui aussi, que nous allions voir sa maison, mais maman avait déjà déballé ce qu'elle avait apporté pour le dîner et elle a dit qu'elle ne pouvait plus faire un pas de plus. Elle commence à se fatiguer plus vite, à cause du bébé. Papa s'était étendu et roupillait – c'est la première fois que je le vois aussi détendu depuis que nous sommes arrivés ici. Lui, non plus, n'allait pas bouger. Alors, il n'y avait que Jamie, Vagabond et moi pour accompagner Duncan.

La maison de Duncan est très semblable à celle d'Angus, mais elle a une petite fenêtre en plus.

« J'ai besoin de lumière », a-t-il expliqué.

Je le comprends parfaitement, car je suis comme ça, moi aussi.

Sa maison se trouve près du ruisseau qui traverse la propriété d'Angus et la nôtre, mais je crois que son emplacement est le plus joli. La maison est à mi-pente, sur une petite colline, et le ruisseau qui coule par-derrière forme une petite cascade. Duncan m'a montré les alentours avec beaucoup de fierté. Il nous a même préparé, à Jamie et à moi, une petite collation de poisson grillé, fraîchement pêché du ruisseau, avec du pain qu'il avait fait lui-même. Je n'ai jamais rencontré un homme qui sache faire le pain! J'étais impressionnée. Nous nous sommes assis dehors, sur un banc qu'il avait fabriqué, et nous avons mangé. Jamie voulait absolument attraper un poisson, lui-même. Duncan lui a donc arrangé une ligne au bout d'une perche, et lui et Vagabond ont passé toute l'heure suivante au bord du ruisseau. Il n'a rien attrapé, probablement parce que Vagabond pataugeait dans l'eau. Je suis certaine que tous les poissons ont déguerpi de là, à la seconde même où ils les ont vus arriver. Mais Jamie s'est quand même bien amusé.

Pendant que nous étions assis à regarder Jamie jouer, Duncan a commencé à raconter ses projets pour l'été prochain. Et c'est là que j'ai fait une grave erreur.

« Penses-tu que ta famille va venir s'installer ici? »

Je sais que plusieurs familles de soldats sont venues s'installer ici, l'été dernier, et je pensais que la sienne pouvait en faire autant.

Son visage s'est figé, et il a détourné les yeux. L'atmosphère de franche camaraderie qu'il y avait entre nous s'est soudainement envolée.

« Non », a-t-il répondu, sans donner d'explication.

Peu après, il a rappelé Jamie, et nous sommes retournés à la cabane d'Angus.

Je le savais. Je le savais qu'il y avait quelque chose qui n'allait pas chez lui, et que c'était grave.

Le 9 octobre 1784

J'ai obtenu la réponse à la question que je me posais, et je me sens toute retournée.

Duncan est venu chez nous, cet après-midi, pour nous apporter deux beaux canards. J'étais trop gênée pour le regarder dans les yeux, après ce qui s'est passé l'autre jour, et il avait l'air mal à l'aise, lui aussi. Je ne savais pas quoi faire. Maman m'a envoyée chercher de l'eau au ruisseau et, à ma grande surprise, Duncan a offert de m'aider à rapporter les seaux. Nous sommes donc descendus au ruisseau et nous avons rempli nos deux seaux mais, au lieu de retourner tout de suite à la

182

cabane, Duncan s'est assis sur un tronc d'arbre et il m'a fait signe de venir m'asseoir à côté de lui. Ce qu'il m'a dit ensuite restera gravé dans ma mémoire pour toujours. Je vais essayer de rapporter notre conversation de la manière la plus exacte possible.

« Je te dois une explication, Mary, m'a-t-il dit d'une voix très basse.

— Non, lui ai-je répondu vivement. Tu n'as pas à le faire. Je n'aurais pas dû te poser de questions au sujet de ta famille. C'était impoli de ma part.

— Pourquoi est-ce que tu ne pourrais pas me poser de questions? a-t-il répondu. Ce n'était pas impoli du tout. Tous les amis le font entre eux. »

Puis il est resté silencieux pendant un bon moment. Je ne savais pas quoi faire. Je me suis mise à arracher l'écorce du tronc d'arbre, l'air complètement absorbée par ce que j'étais en train de faire.

« Vois-tu, Mary… a-t-il finalement dit, en s'arrêtant aussitôt de parler, avant de prendre une grande respiration. Vois-tu, Mary, a-t-il répété, ma mère nous a sauvés, Angus et moi, mais toute ma famille est dans le clan des rebelles. »

J'en ai eu le souffle coupé, tant son explication était inattendue.

« Angus est le seul à le savoir, a-t-il dit. J'avais peur que ta famille me rejette, si elle l'apprenait.

— Ils n'auraient jamais fait ça, ai-je répondu vivement. Maman te considère presque comme son propre fils, j'en suis convaincue.

— J'aimerais le croire, m'a-t-il répondu, mais sans grande conviction. Mais ici, tout le monde déteste les rebelles, et avec raison.

— Pourquoi as-tu…? » ai-je commencé à dire, mais je me suis interrompue aussitôt.

Je n'allais pas lui poser une autre question sur ses affaires personnelles. Duncan a probablement deviné ce que j'allais dire, car il m'a répondu.

« Mon père, mes frères et moi, nous avons eu une terrible querelle quand la guerre a éclaté, m'a-t-il expliqué, tout en donnant des coups par terre avec un bâton. Ils étaient convaincus de la bonne cause des Patriotes, et j'étais tout aussi convaincu de celle des Loyalistes.

— Qu'est-ce qui est arrivé, alors? ai-je dit spontanément.

— Nous sommes partis à la guerre. Mon père et mes deux grands frères dans un camp, et moi, dans l'autre. Et c'est à ce moment-là que je les ai vus pour la dernière fois. Ma mère en est presque morte de chagrin.

— Et de quel côté était-elle, ta mère?

— Ma mère était du côté de sa famille. Quand nous nous sommes ainsi déchirés, son cœur a dû se déchirer, lui aussi.

— Crois-tu que ton père et tes frères savent qu'elle t'a aidé à t'évader?

— Je ne crois pas. Ils ne le lui auraient jamais pardonné.

— Mais vous êtes de la même famille, du même sang!

— Mon père m'a déshérité quand je lui ai avoué que

je m'étais engagé dans les Royal Yorkers. Il m'a mis à la porte et a déclaré qu'il ne me considérait plus comme son fils.

— Mais c'est épouvantable! ai-je dit, sans même chercher à masquer mon indignation.

— C'est vrai. Mais ç'aurait été encore plus épouvantable si je m'étais retrouvé face à lui, sur un champ de bataille. Ou face à un de mes frères. Dieu a su m'éviter ça, au moins. »

Je n'ai pas pu me retenir, et j'ai serré sa main dans la mienne.

« Je suis tellement désolée, ai-je chuchoté.

— On n'y peut rien, a-t-il répondu, en me serrant la main très fort. Au moins, j'ai la chance de m'être trouvé une petite place dans ta famille. »

Il s'est levé et m'a aidée à me relever, puis nous sommes retournés chez nous avec les seaux d'eau. Peu après, il est reparti et, depuis, je n'arrête pas de penser à lui.

Pauvre Duncan. C'est déjà bien triste de perdre son pays, mais de perdre sa famille en plus! Et de savoir qu'il ne la reverra plus jamais. Comment peut-il supporter ça?

Le 12 octobre 1784

Nous avons récolté quelques misérables navets et un bon paquet de fèves. Papa veut troquer encore d'autre blé d'Inde avec les Indiens.

Le 14 octobre 1784

Angus et Duncan ont abattu leur ours! Il est gigantesque! Angus a frappé à notre porte, très tôt ce matin, et nous nous sommes précipités pour aller voir ça. Ces derniers jours, l'ours venait rôder autour de la cabane d'Angus, pendant la nuit. Alors, Duncan et lui ont décidé de se mettre à l'affût, et ils l'ont abattu, la nuit dernière. Ils l'ont dépecé, et maman est occupée à saler toute cette viande. Nous allons avoir un rôti d'ours pour le dîner d'aujourd'hui et tout plein de réserves de viande pour l'hiver.

Le 20 octobre 1784

Maintenant, comme il ne reste plus grand-chose à faire dans le potager, je me suis mise à tricoter, tricoter et tricoter. J'ai fait des mitaines pour moi et une nouvelle couverture pour le bébé qui s'en vient. Maman a fait bouillir des bleuets séchés, et nous avons fait tremper la couverture dans cette eau colorée. Elle est devenue d'un beau bleu pâle. Puis nous l'avons fait bouillir dans de l'urine, car ça fixe la teinture. Je ne sais pas pourquoi ça marche, mais ça marche. Papa dit que c'est à cause de l'acide contenu dans l'urine. Pas besoin de dire que, quand tout a été terminé, nous avons lavé la couverture avec beaucoup, beaucoup de bon savon!

Maintenant, je suis en train de tricoter une paire de bas. Maman m'a montré comment faire le talon, et j'ai déjà terminé un bas. Maman a tricoté des bas pour papa et pour Angus, et ceux que je tricote sont pour Duncan. Mais je ne l'ai dit à personne parce que je ne veux pas me faire taquiner.

Le 25 octobre 1784

Du pâté aux pigeons pour le souper!

Les pigeons sont en train de migrer vers le sud, et on les voit passer tous les jours, rassemblés en immenses bandes. Alors, papa a fabriqué un piège pour en attraper quelques-uns. Il a tendu un filet avec des perches et, quand les pigeons ont voulu se poser au sol, ils se sont pris dedans. Et Angus est arrivé chez nous avec encore plus de pigeons que papa. Ils s'étaient tous perchés dans un même arbre, et ils les a tués. Il y en a tellement! Maman est en train d'en faire des pâtés pour aujourd'hui et de saler le reste pour nos réserves. Nous pourrons manger des pâtés durant tout l'hiver!

Le 30 octobre 1784

Les Indiens sont venus nous voir, aujourd'hui, avec un dindon sauvage qu'ils venaient de tuer. Ils les attrapent avec des pièges. Nous l'avons troqué contre un peu de notre précieux tissu et d'autre farine. Ils ont aussi apporté de l'épinette et nous ont montré comment en faire de la tisane. On la sucre ensuite avec du sirop d'érable, et c'est très désaltérant. Il nous ont expliqué que c'était bon à boire durant l'hiver, quand il ne reste plus de légumes ni de petits fruits frais à manger.

Maman est occupée à coudre des chemises pour papa et les garçons, avec les peaux de chevreuil que papa a tannées. Les Indiens lui ont montré comment le faire avec le cerveau de petits animaux que lui et les garçons attrapent à la chasse. Je ne voulais pas regarder ça! Maman utilise un fil qui est fabriqué à partir de fibres du bois de tilleul. Les Indiens ont montré à papa comment fabriquer ça, aussi. Maman a dit qu'ensuite, elle me fera une jupe en peau de chevreuil. J'admire depuis longtemps les vêtements en peau de chevreuil que les Indiennes portent et j'ai tellement hâte d'avoir une jupe comme ça.

Il y a deux hommes qui viennent nous voir régulièrement. L'un est plus vieux que l'autre, et je crois qu'ils sont père et fils. J'aimerais pouvoir leur parler. Papa apprend leur langue, peu à peu, et il m'a enseigné quelques mots. Mais je ne connais pas leurs noms, parce que papa ne les sait pas encore, lui-même. Nous allons finir par leur donner des noms anglais. C'est plus facile pour nous, je pense, mais ça ne me semble pas très respectueux. Leur village se trouve non loin d'ici. L'été prochain, nous les connaîtrons peut-être assez pour nous permettre d'aller les visiter chez eux. J'aimerais bien rencontrer leurs femmes et leurs enfants. Leurs femmes pourraient peut-être me montrer comment faire les splendides broderies de perles de verre qui ornent leurs vêtements. C'est tellement joli!

Le 1ᵉʳ novembre 1784

Le ciel est couvert de nuages gris foncé, et je sens qu'il y a de la neige dans l'air. Grand-maman dit que l'hiver s'annonce tôt, cette année.

Angus s'est fabriqué un beau chapeau avec la fourrure d'un raton laveur. Il a promis à Jamie de lui en faire un pareil, et Jamie trépigne d'impatience.

Le 5 novembre 1784

Grand-maman et mon nez avaient raison. Il s'est mis à neiger. Ce sera encore un hiver très dur, je crois. Mais comme il s'annonce différent de celui de l'an dernier! Au moment où j'écris ces lignes, je jette un regard tout autour de moi et j'aperçois grand-maman qui travaille à son rouet et maman qui fait de la couture en fredonnant. Papa fabrique un berceau pour le bébé à naître et il est en train d'en sculpter le panneau de tête. C'est un splendide dessin de roses et de feuilles entrelacées. Jamie taille des copeaux de bois avec son couteau. Vagabond dort, mais ses pattes sont agitées de soubresauts et il pousse de petits gémissements. Il doit rêver qu'il est à la chasse aux lapins. Il donne de petits coups de queue, et Mitaine l'observe attentivement. Je crois qu'elle s'apprête à bondir dessus.

On vient d'entendre frapper à notre porte, et Angus et Duncan sont entrés en secouant la neige de leurs têtes et de leurs épaules. Ils ont apporté trois lapins qu'ils ont attrapés au collet. Il vont rester ici pour la nuit.

Je me suis arrangée pour donner ses bas à Duncan, après que tous les autres se sont endormis. J'ai jeté un coup d'œil du haut de mon grenier et je l'ai aperçu en train de rêvasser au coin du feu. Je n'ai pas cessé de réfléchir à ce qu'il m'a raconté. Il doit se sentir tellement seul, ici, loin de sa famille qu'il ne reverra jamais.

Angus était étendu sur une couverture, dans le coin. Grand-maman dormait profondément dans son lit, et tout était silencieux derrière le rideau de papa et maman. Je n'avais pas encore mis ma robe de nuit. J'ai donc pris mon courage à deux mains et j'ai descendu l'échelle.

« Tiens », ai-je chuchoté, en tendant la paire de bas à Duncan.

J'allais m'éloigner rapidement, mais il m'a arrêtée en me prenant par le bras.

« Est-ce qu'ils sont pour moi? m'a-t-il demandé. Tu les as tricotés pour moi?

— Oui! » ai-je réussi à lui répondre.

Heureusement qu'il ne restait presque plus de lumière, car je me suis sentie rougir de gêne.

« Merci, a-t-il dit. Je n'ai jamais reçu de plus beau cadeau. »

Puis il a souri et, cette fois-ci, pas seulement de la bouche, mais aussi des yeux. J'ai grimpé mon échelle à toute volée.

Je vois à peine suffisamment pour écrire, car mon bout de chandelle est presque tout fondu et je dois l'éteindre. J'ai rempli toutes les pages de ce journal, maintenant. Mais mon anniversaire est le mois prochain, et je vais demander à papa d'essayer de me trouver un nouveau cahier. Je suis incapable de me passer d'écrire mon journal. Et je ne le veux pas, non plus.

Il vente très fort, dehors, mais le calme et la sécurité règnent dans notre petite maison. Nous n'avons toujours pas grand-chose. Il nous faudra bien ménager nos provisions, si nous voulons en avoir pour tout l'hiver, mais je suis certaine que nous y arriverons.

Et demain, je vais me mettre à ma première courtepointe.

Épilogue

Le premier hiver a été très dur pour les Loyalistes, et certains n'y ont pas survécu. Mary et sa famille y sont parvenues, de même que la famille Ross. Au printemps 1785, la petite sœur « canadienne » de Mary, prénommée Anne, est née. C'était un beau bébé en pleine santé.

Les Loyalistes ont continué à défricher leurs terres, puis ont ensemencé leurs champs et ont fait de bonnes récoltes à la fin de la belle saison.

Angus et Molly se sont mariés, et Hannah et Mary ont été ravies de devenir belles-sœurs. Monsieur MacDonald a commencé à faire la classe au printemps, et les deux amies ont été parmi les plus assidues de ses élèves.

Mary et Duncan se sont mariés à l'été 1787. Malheureusement, c'était juste avant l'époque qu'on a ensuite appelée *l'année de la grande famine*. Le gouvernement avait cessé ses approvisionnements, considérant que les Loyalistes étaient tous suffisamment établis pour se suffire à eux-mêmes, mais il y a eu une grande sécheresse, et les récoltes de céréales ont été nulles, cet été-là. L'hiver qui a suivi a été un hiver de disette, et plusieurs colons sont morts, dont la grand-maman de Mary, à la grande peine de celle-ci. Mary a donné naissance à un petit garçon, au printemps 1788, mais il était mort-né. L'année a été horriblement dure pour elle et pour toute sa famille.

L'année suivante, Mary a donné naissance à une fille et, comme les conditions étaient meilleures, la petite s'est développée sans problème. Elle a été prénommée Margaret. Par la suite, Mary a donné naissance à cinq autres enfants, deux filles et trois garçons.

Quand le Haut-Canada a été constitué en une province distincte, les MacDonald y étaient déjà bien établis. Mais ils n'en étaient pas à la dernière guerre de leur vie. Duncan et ses trois fils se sont enrôlés dans la milice canadienne et ont dû aller se battre contre les Américains qui avaient envahi le Canada. C'était la Guerre de 1812. Ils ont survécu aux combats, au grand soulagement de Mary, mais un des garçons, Robert, a été grièvement blessé.

Hannah Ross et Alex Calder se sont mariés un an après Mary et Duncan, et Hannah a donné naissance à un garçon, moins de deux mois après la naissance de la première fille de Mary. Hanna et Alex ont eu quatre autres enfants, dont l'un est mort en 1813, durant la bataille de la ferme Crysler.

Monsieur MacDonald a pris sa retraite de l'enseignement à l'âge de soixante ans. Il est mort peu de temps après, et la mère de Mary, l'année qui a suivi.

Jamie est devenu le propriétaire d'un magasin général très prospère. Il a toujours eu un chien. Et les chats se sont multipliés, plusieurs étant des descendants de Mitaine. La petite sœur de Mary, Anne, ne s'est jamais mariée. Elle a vécu chez Duncan et Mary, et elle a été la tante adorée des enfants. C'est elle qui a hérité des dons de guérisseuse de leur grand-mère, et ses remèdes à base de plantes ont permis de garder toute la famille en bonne santé.

Mary est morte dans sa quatre-vingtième année, deux ans après Duncan, entourée de ses enfants, de ses petits-enfants et de quelques arrière-petits-enfants. Elle était parmi les citoyens les plus âgés et les plus respectés de Johnstown.

Le brin de lilas de sa grand-mère, qui avait été planté à la porte de leur maison, a grandi et prospéré, et n'a jamais manqué de fleurir au printemps.

Note historique

En 1775, il régnait, dans les treize colonies britanniques de la côte est de l'Amérique du Nord, un fort sentiment d'insatisfaction à l'égard de la mère patrie. Entre autres, on reprochait à la Grande-Bretagne et à son Parlement de trop se mêler des affaires de la colonie et, plus particulièrement, d'imposer des taxes considérées comme injustes, puisque les colons n'avaient aucun droit de vote ni de représentation au Parlement. Finalement, l'insatisfaction est devenue telle que bien des hommes et des femmes étaient convaincus que la seule solution était de prendre les armes, de rompre les liens avec la Grande-Bretagne et de fonder une nouvelle nation, indépendante, en Amérique du Nord. Ces hommes et ces femmes, qui se donnaient le nom de *Patriotes*, ont déclaré la guerre à la Grande-Bretagne.

D'autres hommes et d'autres femmes, également habitants des colonies et tout aussi convaincus, se sont rangés dans le camp des Britanniques afin de défendre l'intégrité de l'Empire en Amérique du Nord. Ces gens ont, par la suite, reçu le nom de « Loyalistes », à cause de leur fidélité envers la Grande-Bretagne et envers son roi, Georges III. Cette division des habitants des colonies en deux camps, tout aussi convaincus l'un que l'autre de la légitimité de leur position, a engendré une guerre civile sanglante. Il arrivait même que les frères d'une même famille, et même des pères et des fils, se battent les uns contre les autres. Des voisins qui, pendant des générations, avaient vécu dans la paix et l'harmonie sont devenus, du jour au lendemain, des ennemis jurés.

Cette guerre a duré huit longues années, jusqu'à ce que les Patriotes en sortent finalement vainqueurs, en 1783. Un nouveau pays, les États-Unis d'Amérique, a alors vu le jour. Le traité de paix, dans sa version préliminaire, a été signé par la Grande-Bretagne et les États-Unis d'Amérique le 30 novembre 1782. Sa version finale, jointe aux traités de paix passés avec la France et l'Espagne, n'a été signée qu'en septembre 1783. Toutefois, les termes de l'accord avaient été fixés préalablement à New York, en mars 1783, et la cessation des hostilités remontait au 19 avril de la même année. De par cet acte, la Grande-Bretagne reconnaissait de manière totale et inconditionnelle l'indépendance et la souveraineté des États-Unis d'Amérique.

La guerre terminée, les Loyalistes qui avaient combattu aux côtés des Britanniques ont été chassés du pays nouvellement fondé. Leurs maisons et leurs fermes ont été saisies ou détruites; et beaucoup d'entre eux ont été enduits de goudron, puis roulés dans de la plume et, dans cet accoutrement, ont été chassés de la ville où ils habitaient, ou même, pendus. Un certain nombre de ces Loyalistes sont retournés en Grande-Bretagne, tandis que d'autres ont préféré s'installer dans les colonies anglaises des Antilles. En reconnaissance de leur loyauté, la Grande-Bretagne a offert des lots de terre gratuits à ceux qui souhaitaient s'installer au Canada, de même que tout le matériel nécessaire à leur survie jusqu'à ce qu'ils puissent subvenir eux-mêmes à leurs besoins. Plusieurs Loyalistes ont accepté cette offre et se sont installés dans les provinces de l'Amérique du Nord britannique, c'est-à-dire en Nouvelle-Écosse (qui, à cette époque, comprenait l'actuel Nouveau-Brunswick), à l'Île-du-Prince-Édouard (qui portait encore son nom français d'île Saint-Jean), au Québec (qui allait bientôt devenir le Bas-Canada et le Haut-Canada puis, beaucoup plus tard, le Québec et l'Ontario actuels). Parmi ces réfugiés, on comptait des fermiers et des coureurs des bois, mais aussi des citadins, des Amérindiens, des esclaves noirs et des affranchis. Il y avait aussi des gens qui avaient eux-mêmes émigré d'Allemagne, de Hollande et des îles Britanniques, y compris l'Écosse. Se sont joints à eux des membres de minorités culturelles ou religieuses, ainsi que des membres de la noblesse britannique, qui avaient combattu en tant qu'officiers, et de simples soldats qui, durant cette guerre, avaient compté dans les rangs de l'armée britannique ou des régiments loyalistes. Ces derniers s'appelaient plus précisément les « corps provinciaux », à cause de leur affiliation avec l'une des treize colonies britanniques de l'est de l'Amérique du Nord. Au total, les ex-colonies ont perdu 80 000 bons citoyens.

La province royale de New York est demeurée un bastion britannique et loyaliste tout au long des hostilités, et de nombreux corps de régiment loyalistes lui étaient associés. Quand le conflit tirait à sa fin et qu'il devenait de plus en plus évident que les Patriotes allaient remporter la victoire, la ville de New York est devenue l'ultime lieu de rassemblement de bon nombre de tous ces gens, de même que d'autres réfugiés de toutes sortes, jusqu'au mois de novembre 1783.

Une partie de ces colons loyalistes ont gagné la frontière nord par voie de terre et se sont rassemblés dans les forts de la vallée du Saint-Laurent, comme à Sorel, à Lachine ou à Yamachiche. Là, les familles ont retrouvé les maris, pères et frères qui avaient servi dans l'armée. On leur a construit des cabanes en bois rond et organisé des petites écoles. Les Loyalistes ont passé l'hiver dans ces établissements temporaires. Puis, au printemps suivant, ils sont partis s'installer au bord du Saint-Laurent, sur les terres que Sir Frederick Haldimand, gouverneur de la province de Québec, avait acquises afin de les y établir de façon plus permanente.

Les Iroquois, qui formaient une fédération de six nations ayant pour territoire la vallée de la rivière Mohawk, s'étaient pour la plupart rangés du côté des Britanniques. À l'issue de cette guerre, ils se sont rendu compte que ceux-ci les avaient trahis en cédant leur territoire à la nation américaine nouvellement fondée. Ces Iroquois sont venus gonfler les rangs des réfugiés et ont émigré au Canada. En guise de compensation, on leur a octroyé des terres au Canada et, sous la gouverne de leur chef Joseph Brant, plusieurs d'entre eux se sont établis dans la région du Niagara. D'autres se sont ralliés aux chefs John Desoronto, Isaac Hill et Aaron Hill, et sont allés s'établir autour de la baie de Quinté, au nord du lac Ontario.

S'il est vrai que la plupart des Loyalistes ont été bien traités par le gouvernement britannique, on ne peut pas en dire autant des Noirs qui étaient demeurés fidèles à la couronne d'Angleterre et dont certains avaient même combattu dans l'armée britannique.

En 1775, Sir John Murray, comte de Dunmore et gouverneur royal de la Virginie, a annoncé que la liberté serait accordée à tout esclave fugitif qui s'engagerait dans l'armée britannique. À eux aussi, on avait promis qu'à la fin de la guerre, ils recevraient un lot de terre et de quoi survivre pour s'établir. Pour le confirmer, le brigadier-général Samuel Birch, chef de l'armée britannique, a fait remettre un document (qu'on a appelé par la suite un *certificat du général Birch*) à tout Noir qui pouvait prouver qu'il avait combattu dans les rangs des Britanniques pendant au moins douze mois et qu'il n'était pas un esclave britannique. Bon nombre de ces gens se sont embarqués à New York pour aller s'installer en Nouvelle-Écosse. Toutefois, la promesse qui leur avait été faite n'a pas été tenue. Ils se sont donc retrouvés à vivre dans des conditions d'extrême pauvreté, et un grand nombre d'entre eux se sont enfuis vers le Sierra Leone, en Afrique de l'Ouest, où malheureusement, les conditions n'étaient pas meilleures.

Les esclaves appartenant à des Loyalistes n'ont pas été libérés, même si leurs maîtres loyalistes se sont mis à les appeler *domestiques* plutôt qu'*esclaves*. Plusieurs

Loyalistes ont amené leurs esclaves avec eux au Canada. Le trafic des esclaves a été aboli en 1774, en Grande-Bretagne, mais il a fallu attendre jusqu'en 1793 pour que John Grave Simcoe réussisse à faire adopter, par l'Assemblée du Haut-Canada, un acte rendant illégal le commerce des esclaves au Canada et déclarant que les enfants d'esclaves seraient libérés au jour de leur vingt et unième anniversaire.

Durant l'hiver 1783, des membres du deuxième bataillon de Sir John Johnson ont commencé à construire des bâtiments autour du Fort Niagara, dont les deux premières étaient destinées à Joseph Brant et à sa sœur Molly. On a entrepris aussi de construire des maisons, et des moulins à farine et à scie à Cataraqui, en prévision de l'arrivée des colons qui s'étaient réfugiés dans la province de Québec, au bord du Saint-Laurent.

Il y a d'abord eu une forte résistance au sein de ces Loyalistes, à la perspective d'aller s'installer si loin vers l'ouest, dans les hautes terres du Saint-Laurent. Plusieurs demeuraient convaincus qu'ils pourraient retourner chez eux, dans ce qui était devenu les États-Unis, et y reprendre le fil de leur existence. Ils étaient effrayés de la distance à parcourir, et ils avaient entendu parler de dangereux rapides qui empêchaient la navigation vers le haut Saint-Laurent. Ils savaient aussi que, pour survivre, il leur faudrait beaucoup de soutien de la part du gouverneur Haldimand. La plupart d'entre eux venaient de perdre pratiquement tout ce qu'ils possédaient. Il ne leur restait ni vaches laitières, ni chevaux ou bœufs de trait, et pas un seul des outils et instruments nécessaires aux travaux de la ferme. Et ils n'avaient pas d'argent, non plus, pour en acheter. Ils savaient que, durant tout le travail initial de défrichage et de construction, ils ne pourraient pas exploiter la terre et, par conséquent, ne pourraient pas subvenir à leurs besoins. Pour qu'ils y arrivent, il fallait donc qu'ils soient approvisionnés en matériel et en vivres régulièrement et pendant quelques années. Le gouverneur Haldimand le reconnaissait et a promis de s'en occuper. En mars 1784, il a reçu de la Grande-Bretagne l'autorisation de fournir aux Loyalistes l'aide requise. Devant une telle assurance, le nombre des volontaires prêts à partir pour le Haut-Canada a augmenté.

L'appartenance à un même régiment était, pour la plupart des Loyalistes, le seul critère social les réunissant dans une même communauté. En apprenant qu'ils allaient s'établir au Haut-Canada avec les membres des régiments de leurs propres pères et de leurs propres frères, plusieurs indécis se sont finalement engagés à partir vers ces nouveaux territoires.

Le gouverneur Haldimand avait entrepris toute une série de négociations avec les chefs Mississauga et leurs conseils de bande et, au cours de l'année 1783, ces derniers ont cédé au gouvernement d'Haldimand toutes les terres dont il avait besoin pour établir dix mille Loyalistes et Iroquois. Vers la fin de 1783, l'arpenteur John Collins a entrepris le bornage des nouveaux cantons. C'est à ce moment-là qu'Haldimand a demandé aux Loyalistes et aux Iroquois de se préparer à partir vers les nouveaux territoires pour le printemps 1784.

En mai 1784, dès que le fleuve a été libéré de ses glaces, les Loyalistes ont commencé à se rassembler dans le bourg de Lachine, au pied des rapides qui se trouvent juste à l'ouest de Montréal. À Lachine, le capitaine Jacob Maurer venait de passer l'hiver précédent à recruter des mariniers propriétaires de barques (qui servaient normalement à la traite des fourrures), à réquisitionner des tentes et des étoffes, à commander des milliers de sarcloirs et de haches aux forgerons de l'armée, et à constituer d'énormes réserves de vivres et de semences. Une fois ces dispositions prises, la migration vers l'ouest a pu démarrer rapidement. Malgré l'inévitable confusion qui régnait parmi la multitude des Loyalistes rassemblés, le capitaine Maurer a pu commencer à envoyer des groupes vers l'ouest avant la fin du mois de mai. Une à une, des flottilles d'une douzaine de barques se sont mises à quitter Lachine, chacune étant chargée de quatre ou cinq familles, d'une ou deux tonnes de vivres et de divers équipements, ainsi que d'une équipe de cinq mariniers d'expérience. À la fin de juin, les derniers Loyalistes étaient tous partis pour aller s'installer dans les nouveaux établissements qui s'échelonnaient le long du Saint-Laurent, depuis Johnstown (maintenant Cornwall) jusqu'à Cataraqui (maintenant Kingston) et, plus tard, jusque dans la région du Niagara.

Quand les Loyalistes ont posé le pied dans les différents établissements le long du fleuve, la plupart des lots n'avaient pas encore été bornés par les arpenteurs. Ils ont dû attendre quelques semaines avant que le tirage des lots puisse avoir lieu. Ils avaient apporté avec eux un certain nombre de tentes militaires, qui avaient déjà servi durant la guerre de l'Indépendance. Ils ont donc pu s'abriter, mais chaque journée perdue à attendre représentait une journée de perdue pour les préparatifs nécessaires à l'hiver qui allait venir. C'était un sujet de vive inquiétude. Cependant, les colons n'avaient pas d'autre choix que de planter leurs tentes au bord du fleuve et d'attendre que les arpenteurs aient terminé leur travail, ce qui a été fait vers la fin de l'été, c'est-à-dire trop tard pour que les colons se mettent à semer.

Pour procéder au tirage des lots, on mettait dans un chapeau des bouts de papier portant des numéros de lot, et l'arpenteur, avec une carte sous les yeux, coordonnait l'ensemble de l'opération. Les officiers tiraient les premiers, pour se partager les lots de la première concession, située sur la rive du fleuve. Ensuite, c'était au tour des autres membres de la communauté de tirer leurs lots. Les simples civils recevaient 50 acres s'ils étaient célibataires, et 100 acres s'ils étaient pères de famille, avec 50 acres de plus pour chaque autre membre de la famille. Les soldats recevaient 100 acres, tandis que les sous-officiers en recevaient 200, et ainsi de suite, toujours en augmentant selon le rang dans l'armée, jusqu'aux officiers supérieurs, colonels et autres, qui recevaient 1 000 acres.

Dès l'instant où leur lot leur a été attribué, les Loyalistes se sont mis à défricher leurs terres et à se bâtir des maisons. Le travail était dur, et d'autant plus dur qu'il n'y avait ni chevaux ni bœufs de trait. Les vaches étaient rares aussi, de même que tous les autres animaux de ferme. Cependant, le gibier abondait et le fleuve était très poissonneux. Les Indiens de la région, les Mississauga, ont aidé les colons de bien des façons. Ils leur ont montré où trouver les racines sauvages comestibles et les plantes médicinales aux alentours, mais aussi comment moudre le blé d'Inde autrement qu'avec les moulins à farine auxquels les colons étaient habitués, et comment pêcher l'esturgeon, le corégone, le saumon et toutes sortes d'autres espèces de poissons qui vivaient dans les eaux de la région.

Le gouverneur Haldimand a fourni aux Loyalistes des étoffes, des vivres, des sarcloirs et des semences, et a fait bâtir quelques moulins à farine et à scie. Le premier hiver a été dur, mais la plupart des Loyalistes y ont survécu. Au printemps 1785, ils ont ensemencé leurs champs le plus tôt possible et, cette année-là, ils ont pu récolter du blé d'Inde, des pommes de terre, des navets et d'autres légumes.

En 1787, le gouvernement a cessé d'approvisionner les colons, considérant qu'ils devaient déjà se suffire à eux-mêmes. Ç'aurait été le cas normalement, mais, cet été-là, il y a eu une grande sécheresse et les cultures ont avorté. Dans de telles conditions, auxquelles sont venus s'ajouter un manque de réserves et un hiver particulièrement rigoureux, la famine a été générale. L'année 1788 a, par la suite, été surnommée *l'année de la grande famine*, car de nombreux colons sont morts de faim. Ils en ont été réduits à manger des bourgeons de tilleul. Et d'horribles histoires ont été rapportées, par exemple, d'un seul os de bœuf qu'on se passait de famille en famille pour en faire du bouillon.

En 1790, le défrichage était avancé et les récoltes se sont améliorées. D'autres moulins à farine et à scie ont été érigés, et même, ici et là, des magasins généraux où on pouvait se procurer des marchandises venues de Montréal. Entre-temps, d'autres émigrants étaient arrivés des États-Unis et, grâce à un fort taux de natalité, la population de la nouvelle colonie augmentait rapidement. De nouveaux cantons ont été ouverts, et de nouvelles écoles aussi. Finalement, en 1791, le Haut-Canada a été déclaré province distincte. Son territoire correspondait à peu près au sud-est de l'Ontario actuel.

His Majesty's PROVINCIAL REGIMENT, *called* *The King's Royal Regiment of New York whereof Sir* *John Johnson Knight & Baronet is Lieut Colonel* **Commandant.**

THESE are to Certify, that the Bearer hereof *Duncan* *M. Kenzie* in *Capt. R.d Duncans* Company, of the aforesaid Regiment, born in the Parish of *Avela* in the County of *Inverness* —Aged *Twenty one years* Hath served honestly and faithfully in the said Regiment *Four* Years; and in consequence of His Majesty's Order for Disbanding the said Regiment, he is hereby Discharged, and is intitled, by His Majesty's late Order, to the Portion of Land allotted to each *Soldier* of His Provincial Corps who wishes to become a Settler in this Province. He having first received all just demands of Pay, Cloathing, &c. from his entry into the said Regiment, to the Date of his Discharge, as appears by his Receipt on the Back hereof.

GIVEN under my Hand and Seal *at Arms* — at *Montreal* — — this *Twenty fourth* Day of *December* 1783

John Johnson

Chaque soldat recevait un certificat comme celui-ci, quand son régiment était démembré. Le document attestait que le dit soldat avait loyalement servi, qu'il était libéré de ses obligations envers l'armée, et qu'il était admissible à devenir colon et à recevoir gratuitement un lot de terre.

En route vers le Canada dans un chariot tiré par des bœufs, une famille de Loyalistes s'apprête à prendre le bac qui lui fera traverser la rivière.

Le chef iroquois Joseph Brant, appelé Thayendanegea dans sa langue, a conduit son peuple vers le nord-ouest, dans la région du Niagara, quand leur territoire a été cédé aux Patriotes, à la suite de la guerre de l'Indépendance.

Le campement loyaliste de Johnstown, qui deviendra plus tard Cornwall, le 6 juin 1784.

Vue du sud-est de Cataraqui, qui deviendra plus tard Kingston.

À Son Excellence le Lieutenant général Haldimand, Gouverneur et Commandeur en chef, &c., &c.

Requête des Compagnies de Loyalistes Associés allant s'établir à Cataraqui.

Que des planches, clous & bardeaux soient fournis à chaque famille afin d'ériger tout bâtiment jugé par elle nécessaire à son installation, à tout moment dans l'espace des deux années suivant le premier jour de son arrivée à Cataraqui, de même que dix-huit carreaux de vitre à être livrés peu de temps après son arrivée.

Que des armes & munitions, avec une hache à bûcher, soient octroyées à chaque colon mâle ayant atteint l'âge de quatorze ans.

Que soient octroyés à chaque famille :

1 charrue, avec soc & coutre	1 gouge
du cuir à faire des colliers pour chevaux	3 petites vrilles
2 bêches	1 scie à main & des limes à bois
3 coins de fer	1 marteau à clouer des clous
15 dents de fer pour herse	1 couteau croche
3 sarcloirs	1 herminette à fendre les bardeaux
2 vrilles, une de 1 pouce & l'autre de ½	2 faux & 1 faucille
3 ciseaux à bois, non pareils	1 grande hache

1 pierre à aiguiser pour 3 familles.

Tout le linge nécessaire pour une année, à chaque famille, en proportion du nombre de ses membres & comprenant les mêmes articles que ceux fournis à ceux qui sont partis pour la Nouvelle-Écosse.

Deux ans de vivres, à chaque famille, en proportion du nombre de ses membres & de leurs âges.

Deux chevaux, deux vaches & six moutons, à être livrés à Cataraqui, à chaque famille, aux frais du gouvernement, le montant des dits frais devant être signifié lors de la livraison à seule fin que la dite somme puisse être remboursée sous forme de taxe moyenne, au bout de l'espace de dix années, si le gouvernement l'exige. — Notre pauvreté actuelle & notre incapacité à nous procurer ces articles, de même que notre éloignement des habitants prospères plaideront, nous l'espérons, en notre faveur au regard de ces questions.

Que des semences d'espèces variées, comme blé, blé d'Inde, pois, avoine, patates & lin soient fournies à chaque famille en la quantité que Son Excellence jugera raisonnable.

Qu'un forgeron soit établi dans chaque canton & approvisionné en outils & fer pour l'espace de deux années, aux frais du gouvernement, à seule fin d'être utile aux habitants du dit canton.

Fait à SOREL, le ___ janvier 1784

Texte d'une pétition envoyée en 1784 par des Loyalistes au gouverneur Haldimand, lui demandant des approvisionnements.

Loyalistes procédant au tirage des lots, en 1784.

La dense forêt qui recouvrait les terres situées dans la partie ouest de la province de Québec (qui deviendra, par la suite, le Haut-Canada, puis l'Ontario) a demandé un énorme travail de défrichage.

Il fallait tellement de temps pour venir à bout de toutes les souches qu'au début, les colons se sont contentés de semer tout autour.

Moudre le grain, fabriquer le savon, mettre de l'étoupe entre les pièces de bois de la cabane, fendre le bois : autant de tâches qui attendaient le colon loyaliste.

Recettes

Galettes

Prendre 2 tasses de babeurre, ajouter 2 tasses de semoule de maïs, une pincée de sel, 2 cuillerées de mélasse, de sucre ou de sirop d'érable, et deux œufs bien battus, si on en a. Verser la pâte dans une lèchefrite et faire cuire.

Trempette

Verser du lait chaud sur une tranche de pain et ajouter du sucre ou du sirop d'érable.

Pain

À de l'eau tiédie dans laquelle on a fait cuire des patates, ajouter une demi-tasse de sucre et de la levure. Laisser reposer toute une nuit. Puis incorporer ce mélange à une demi-mesure de farine, 1 cuillerée de sel et une noix de saindoux.

Bien pétrir. Laisser lever, puis répartir dans des moules à pain.

Pour conserver le poisson pendant tout l'hiver

Faire bouillir une bonne quantité de patates, puis les réduire en purée. Couvrir le fond d'un baril avec de la purée. Saupoudrer de sel.

Faire bouillir des poissons jusqu'à ce que la chair se défasse facilement.

Prendre les poissons par la queue et les secouer au-dessus du baril pour que toute la chair se détache de l'arête.

Recouvrir cette chair de poisson avec de la purée et saupoudrer de sel.

Continuer ainsi, en faisant alterner chair de poisson et purée de patates avec sel, jusqu'à ce que le baril soit plein.

Mettre le baril dehors, pour que son contenu gèle.

Prélever la quantité qu'on veut et faire griller en croquettes.

Les corvées de piquage de courtepointe étaient des occasions tout autant de fraterniser que d'aider une voisine – qui parfois habitait à des kilomètres – à terminer une courtepointe.

Jeunes et vieux recueillaient la sève, qu'on faisait ensuite bouillir pour en faire du sirop.

Un des premiers établissements loyalistes dans le Haut-Canada.

Deux hommes dans un canot d'écorce, en train de pêcher un saumon avec un harpon à trois dents, dans le Bas-Canada.

Le colon devait enlever un nombre invraisemblable de souches avant de pouvoir commencer à semer.

Colons loyalistes dans leur campement au bord d'une
rivière, en route vers l'Amérique du Nord britannique.

L'Amérique du Nord britannique en 1783.

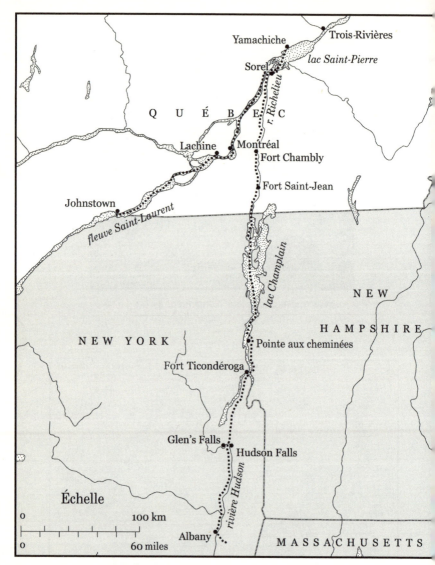

Trajet effectué par les MacDonald – et par bien d'autres familles loyalistes – vers le nord, jusqu'à ce qui allait devenir le Canada.

Crédits

Nous adressons nos plus sincères remerciements aux organismes et aux personnes qui suivent, pour nous avoir donné la permission de reproduire leurs documents.

Portrait de la couverture recto : National Gallery of Scotland. Robert Herdman, *Evening Thoughts*, détail (NG 2136).

Arrière-plan de la couverture recto : Le drapeau loyaliste, photographie d'Andréa Casault.

Page 207 : Archives nationales du Canada. Charles William Jefferys, C20587.

Page 208 : Musée des Beaux-Arts du Canada, Ottawa. *Thayendanegea (Joseph Brant)*, vers 1807, par William Berczy, acquisition de 1951, n° 5777.

Page 209 (haut) : Archives nationales du Canada. James Peachey, *Encampment of the Loyalists at Johnstown (Cornwall), June 6, 1784*, C2001.

Page 209 (bas) : Archives nationales du Canada. James Peachey, *A South-East View of Cataraqui (Kingston)*, C1511.

Page 210 : Tiré de E.A. Cruikshank, ed., *The Settlement of the United Empire Loyalists, Toronto*, Ontario Historical Society, 1934, p. 41-42.

Pages 211, 212 et 214 : Archives nationales du Canada. J.E. Laughlin, *U.S. Loyalists Drawing Lots for Land 1784*, C13993; *Clearing the Land Around the First Cabin*, C5466; *Hoeing in the Seed*, C13995; *Pounding Grain and Making Soap*, C13997; *A Quilting Bee*, C13999; *Making Maple Sugar and Syrup*, C14000.

Page 215 (haut) : Archives nationales du Canada. Edward Scrope Shrapnel, *One of the Earliest Loyalist Settlements in Upper Canada*, C23633.

Page 215 (bas) : Archives nationales du Canada. Susan Haliburton Weldon, *Salmon Spearing in Lower Canada*, C121921.

page 216 : Government of Ontario Art Collection. Charles W. Jefferys, *The Pioneer, 1784*, vers 1926, aquarelle sur papier, 623327

page 217 (haut) : Archives nationales du Canada. Charles W. Jefferys, *Loyalists Camping on the Way up the St. Lawrence*, C73449.

page 217 (bas) et 218 : Cartes dessinées par Paul Heersink / Paperglyphs. Données de la carte (© 2000) Gouvernement du Canada, utilisées avec la permission de Ressources naturelles Canada.

Merci à Barbara Hehner, pour sa révision attentive de mon manuscrit, et à Jane Errington (Ph.D.), pour m'avoir fait bénéficier de son expertise en histoire.

À mon mari, Jim,
avec mille mercis pour son soutien.

Je voudrais remercier :
Gavin K. Watt (éditeur),
The King's Royal Regiment of New York;
Robert Stacey, de Arts Associates à Toronto (Ontario);
le personnel des Archives nationales
à Ottawa (Ontario).

À propos de l'auteur

Pour écrire ses livres, Karleen Bradford s'est souvent inspirée d'endroits qu'elle avait visités. Elle est née à Toronto et, à l'âge de neuf ans, elle a déménagé en Argentine. De retour au Canada afin d'entreprendre des études à l'Université de Toronto, elle a épousé un diplomate canadien. De ce jour a commencé le plus long voyage de sa vie : trente-quatre années de pérégrinations à travers le monde, de la Colombie à l'Angleterre, en passant par les Philippines et l'Allemagne. C'est en Allemagne que Karleen s'est mise à s'intéresser aux Croisades. L'histoire des Croisades a été à la source de quelques-uns de ses ouvrages. En préparation à leur écriture, Karleen et son mari ont refait la route des Croisés, depuis Cologne, en Allemagne, jusqu'à Istanbul, en Turquie.

Karleen est l'auteur de seize livres pour les jeunes, appartenant à différents genres : roman historique, roman fantastique, roman contemporain et documentaires. Ses livres lui ont valu plusieurs prix, mentions et nominations.

Pour se préparer à l'écriture de *Une vie à refaire*, Karleen est restée fidèle à ses habitudes documentaires. Elle a refait le trajet qu'auraient suivi Mary

MacDonald et sa famille à travers l'État de New York, le long du lac Champlain et jusqu'au Québec, en se laissant imprégner par les odeurs, les bruits, les couleurs, les lignes et l'atmosphère générale des paysages traversés et des lieux visités. De là vient l'impression de réalité que dégagent ses récits.

Pourquoi Karleen se passionne-t-elle autant pour l'écriture? « D'aussi loin que je puisse me rappeler, explique-t-elle, j'ai toujours adoré me rouler en boule dans un petit coin pour prendre le temps de lire. » Déjà enfant, elle aimait tellement écrire qu'elle composait des pièces de théâtre, dans lesquelles jouaient ses amis, même si ça les intéressait bien moins qu'elle. D'ailleurs, un jour, elle a surpris des amis qui disaient : « Oh, non! Karleen a encore écrit une pièce de théâtre et elle va nous obliger à la jouer. » Et elle l'a fait.

Même si Karleen a été amenée à vivre dans de nombreux pays – plus nombreux que la plupart des gens n'en visitent dans toute leur vie – elle est restée fidèle à sa passion, transportant avec elle, toujours et partout, un livre en chantier.

Copyright © Karleen Bradford, 2002.
Copyright © Éditions Scholastic, 2004, pour le texte français.
Tous droits réservés.

**Catalogage avant publication de la
Bibliothèque nationale du Canada**

Bradford, Karleen
[With nothing but our courage. Français]
Une vie à refaire : Mary MacDonald, fille de Loyaliste / Karleen
Bradford ; texte français de Martine Faubert.

(Cher Journal)
Traduction de: With nothing but our courage.
ISBN 0-439-96653-1

1. United Empire Loyalists--Romans, nouvelles, etc. pour la
jeunesse. 2. Canada--Histoire--1763-1791--Romans, nouvelles, etc.
pour la jeunesse. I. Faubert, Martine II. Titre. III. Titre: With
nothing but our courage. Français. IV. Collection.

PS8589.R217W5814 2004   jC813'.54   C2003-906511-1

6 5 4 3 2 1   Imprimé au Canada   04 05 06 07 08

℄

Le titre a été composé en caractères Ellington.
Le texte a été composé en caractères Cochin.

℄

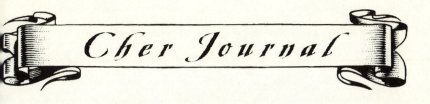

Dans la même collection :

Seule au Nouveau Monde
Hélène St-Onge, Fille du Roy
Maxine Trottier